LES SILENCES D'OGLIANO

"Domaine français"

DU MÊME AUTEUR

CARRIÈRES NOIRES, Au-delà du raisonnable, 2012 ; Pocket nº 16596.
LE CIMETIÈRE DES CHIMÈRES, Au-delà du raisonnable, 2013 ; Pocket nº 16649.
DES FORÊTS ET DES ÂMES, Au-delà du raisonnable, 2014 ; Pocket nº 16650.
AUX VENTS MAUVAIS, Au-delà du raisonnable, 2017 ; Pocket nº 17017.
COMME DE LONGS ÉCHOS, Fleuve noir, 2017 ; Pocket nº 17543.
VASTE COMME LA NUIT, Fleuve noir, 2019 ; Pocket nº 17886.

ISBN 978-2-330-16125-5

ELENA PIACENTINI

Les Silences d'Ogliano

roman

ACTES SUD

À mes filles, Aliénor et Roxane, Roxane et Aliénor, en leur souhaitant un chemin qui les élève, et la force de trouver leurs fils d'argent.

Ne pouvant fortifier la justice, on a justifié la force.

BLAISE PASCAL,
Les Pensées (1670).

Il brille, le sauvage Été,
La poitrine pleine de roses.
Il brûle tout, hommes et choses,
Dans sa placide cruauté.

“L’Été”, Théodore de Banville
(1823-1891).

1

L'été, quand vient la nuit sur le village d'Ogliano, les voix des absents sont comme des accrocs au bruissement du vivant. Sur la terrasse, les fleurs fanées de la vigne vierge tombent dans un tambourinement obsédant. Le jappement sec des geckos en chasse dans le halo de la lanterne fait écho aux ricanements des grenouilles qui fusent du lavoir. Plus bas, vers le verger de César, le chant d'une chevêche d'Athéna ressemble au miaulement d'un chaton apeuré. Ces cris plaintifs, presque poignants, sont ceux d'une tueuse. À cette heure tardive, elle a pour habitude de faire une halte sur le vieux poirier. Je repère sa silhouette compacte qui rappelle un poing fermé. La voilà qui s'élance dans un vol onduleux. Elle prend de l'altitude, se hisse par les sentiers d'air qui naissent des inspirations et des expirations du massif de l'Argentu. À Ogliano, les montagnes occultent la quasi-totalité du ciel.

Les montagnes sont le ciel.

Je pourrais y marcher les yeux fermés. Moi, Libero Solimane, fils d'Argentina Solimane et d'elle seule, petit-fils d'Argentu Solimane dernier des chevriers, je suis né là-haut.

Là-haut, le nom des Solimane s'éteindra avec moi.

La chevêche a plongé après le premier col. Je l'imagine raser les frondaisons des chênes, marauder dans les anciens pâturages, puis fondre dans la fraîcheur des ravines et remonter le vent par le flanc nord du pic du Moine. De là, un courant ascensionnel la portera sans effort jusqu'au plateau des Fées, où les petits animaux s'enfonceront dans l'herbe grasse à son passage. L'un d'entre eux ne la sentira pas venir.

Les lois propres à l'Argentu sont immuables. Toutes ne sont pas inéluctables. Mais ceux qui sont morts ne le savent pas.

Une fois rassasiée, sans doute ira-t-elle se désaltérer à la source de la Fiumara. Peut-être s'ébrouera-t-elle quelques instants dans l'eau pure avant d'emprunter les gorges et de redescendre vers le village où l'espère sa couvée. D'ici une heure tout au plus, elle ressurgira plein ouest pour rejoindre le *palazzo*, où elle a élu domicile.

Mon esprit quitte les cimes. Mes yeux balayent l'obscurité proche, reconstituent le paysage à partir des indices semés sur les faîtages par le rayonnement de la lune. En contrebas du moulin que j'ai restauré, la petite maison de ma mère. À cinq cents mètres vers l'ouest, le clocher qui tient dans son giron l'essentiel du bourg. Un kilomètre plus loin encore, dominant une colline façonnée de terrasses, la masse imposante de la demeure du baron. Son toit s'est affaissé, ses persiennes à jalousies pendent à demi dégondées, les murs de la petite chapelle, gonflés d'humidité, menacent de s'effondrer. Ses jardins sont hantés d'arbustes moribonds. Les fontaines ont tari et les bassins sont colonisés par les ronces. Sa décrépitude actuelle est à la mesure de sa splendeur orgueilleuse d'antan. Quand le Palazzo Delezio rouvrait ses portes en accueillant une cohorte d'invités, c'était le signal. Alors l'été commençait vraiment. La Villa rose, c'est ainsi que je l'appelais autrefois.

2

Les quatre voitures de la suite du baron traversèrent Ogliano sans rencontrer l'habituel comité de bienvenue. À l'exception d'une armée de chats efflanqués rendus apathiques par la chaleur suffocante de la mi-juillet, les rues étaient désertes. Pas âme qui vive sur les murets. Personne aux balcons des fenêtres. Cette année-là, le retour des Delezio sur leurs terres ancestrales fut éclipsé par la mort de Bartolomeo Lenzani. À l'heure où le cortège fit son entrée, villageois et parents venus des quatre coins de la province étaient massés dans l'église. Les derniers arrivés, faute de place, palabraient sous les platanes. Seuls manquaient à l'appel Herminia la Folle et le vieil Ettore, grabataire. Sans oublier ma mère, qui, dans la matinée, avait apporté une marmite de soupe à la sœur du défunt, et moi qui l'avais accompagnée en traînant les pieds. En mécréants notoires, nous étions exemptés d'office.

Bartolomeo Lenzani, dit le Long en raison de son allure d'échalas, était dangereux et sournois. Officiellement leveur de liège, braconnier et voleur de bétail à l'occasion, porte-flingue à condition d'y mettre le prix, c'est ce qu'il se murmurait à demi-mot de son vivant. “Maintenant les langues vont se délier”, prophétisa ma mère en m’apprenant la nouvelle. Je m’étais réjoui en silence. Déplaisant d’aspect, avec une bouche semblable à une cicatrice qui s’ouvrait sur des dents gâtées et des yeux torves qui ne vous regardaient pas en face, Lenzani le Long était pour moi Lenzani la Brute. Laid, il l’était surtout en dedans. Personne ici ne se serait risqué à passer derrière une de ses mules à moins de trois mètres. Les flancs déchirés par l’éperon et la cravache, l’échine frissonnante, les pauvres bêtes n’étaient que terreur et rage mêlées. Ses chiens s’aplatissaient en pleurant au moindre geste brusque. S’ils avaient pu, ils se seraient enfoncés sous terre. Deux ans en arrière, aux abords d’une chênaie où Lenzani avait établi son campement provisoire, j’en avais trouvé trois enchaînés à des arbres. Les deux premiers s’étaient étranglés en s’affaissant sous leur propre poids. Le dernier, borgne, galeux, maigre comme un Christ, poussait des râles d’agonie en tentant de se maintenir debout sur ses jambes flageolantes. En le prenant dans mes bras, j’avais craint que ses os ne se disloquent. Par miracle, il avait survécu. Depuis lors, il marchait dans mon ombre, sa pupille d’or attachée à mes pas, le museau prêt à se nicher dans ma paume. Quand il nous arrivait de croiser son ancien maître, Lazare se pressait plus étroitement contre ma jambe en émettant une modulation grave, un mezzo-voce entre douleur et haine, audible de moi seul. Si Lenzani avait reconnu son bien, il n’en avait rien laissé paraître. Pour une raison inexpliquée, même enfant, alors que je n’étais pas de taille à l’affronter et trop lent pour le fuir, il n’avait jamais levé la main sur moi ni manqué de respect à ma mère. Je nous pensais insignifiants à ses yeux.

Avec ce décès aussi soudain qu'inespéré, l'été s'annonçait sous les meilleurs auspices. J'étais tapi dans les fougères d'une terrasse en friche, un point d'observation idéal, invisible et proche, à portée de voix immédiate du cimetière et de la Villa rose. Lazare, sa grosse tête fauve posée sur mes genoux, remuait timidement la queue, sa manière à lui de participer à la fête. Car si les obsèques de Lenzani avaient réuni une assemblée si dense, qu'on ne s'y trompe pas : tout Ogliano le détestait. En premier lieu, sa sœur Fiorella, qui nous avait accueillis le matin même avec cette phrase sibylline : "Les souffrances doivent avoir une fin ici-bas." La petite femme sèche comme une trique parlait en connaissance de cause. Depuis son veuvage, elle était tombée sous le joug de son frère resté vieux garçon. Corvéable à toute heure du jour et de la nuit dès lors qu'il posait son barda à Ogliano, entre deux périodes de travail qui le conduisaient par monts et par vaux pour y manigancer seul le diable sait quoi. J'ai entendu les sanglots de Fiorella filtrer derrière les volets clos de sa chambre. J'ai vu les zébrures sur ses jambes. Lenzani la traitait à l'égal de ses animaux. Mais la source la plus vive de ses tourments tenait à ce qu'il lui avait arraché la prunelle de ses yeux, son fils unique et adoré : Gianni. Un jour, Lenzani avait fait valoir que le travail ne manquait pas et qu'il avait besoin de bras. Sans plus de cérémonie, il avait ordonné à Fiorella de préparer deux paquetages pour le lendemain. Gianni avait quatorze ans. Six mois plus tard, le garçon fluet et rieur qui avait été mon ami sur les bancs de l'école primaire n'existait plus. Ce qu'il s'était passé, ce qu'il avait vécu, il n'en pipait mot.

Au cours des quatre années suivantes, à peine échangeâmes-nous quelques paroles. Des questions et des réponses de convenance qui nous avaient laissés, lui et moi, en surface des choses, à mille lieues de ce que je voulais lui demander vraiment, de ce que ses yeux qui n'arrivaient plus à me fixer trahissaient ou tentaient de me dire. J'avais poursuivi ma scolarité au lycée tandis qu'il était propulsé dans un univers fruste aux côtés d'un mentor violent et nous nous étions peu à peu éloignés l'un de l'autre. Le seul pont qui nous reliait encore était notre projet commun de quitter Ogliano. Lui, pour se soustraire à l'emprise de son oncle. Moi, pour fuir un microcosme où je n'étais le fils de personne puisque ma mère s'obstinait à serrer les dents sur l'identité de mon géniteur. D'avoir grandi l'un et l'autre sans père nous avait rapprochés, nous étions frères d'infortune. Un frère que je n'avais pas revu depuis l'hiver.

Les cloches sonnèrent le glas. Je chaussai mes jumelles, bien décidé à ne pas rater une miette du dernier acte de la comédie. J'eus un choc en voyant Gianni franchir le portail de l'église. Sa poitrine s'était élargie, ses bras avaient doublé de volume et, dans sa main trapue, la poignée du cercueil paraissait une fine gourmette. Alors que les autres porteurs suaient et trébuchaient sur les pavés inégaux, lui semblait insensible à l'effort, comme s'il avait trimballé une valise de vêtements. Ses traits exprimaient une concentration neutre et j'aurais donné cher pour connaître ses émotions et ses pensées. Je regrettai de ne pas avoir eu l'occasion de le voir et de lui parler lors de notre visite du matin. Dans un réflexe malsain, je me représentai le mort bringuebalant dans sa boîte. Gianni l'avait-il vu avant que la bière ne soit scellée ? Contrairement à la tradition, la dépouille n'avait pas été exposée. Et pour cause... Le corps de Lenzani avait été découvert à une dizaine de kilomètres du village, en état de putréfaction, crâne enfoncé et mandibule arrachée. Sa monture broutait des chardons à ses pieds, pas incommodée pour un sou par la puanteur de charogne. L'homme qui avait donné l'alerte ne cessait de jurer par tous les saints que la mule souriait. À l'attitude joyeuse de Lazare, j'étais disposé à lui accorder foi.

Le cortège convergea vers la fosse et une brise me porta des effluves d'eau de Cologne et de sueur. Je remarquai cinq étrangers se tenant un peu en retrait. Les villageois s'appliquaient à les éviter du regard, ce qui, paradoxalement, les mettait au centre de l'attention. En particulier le plus grand d'entre eux qui se déplaçait avec un flegme viril, laissant une impression de puissance propre aux chefs de meute. Impossible de fixer son visage plus d'une seconde. Il se trouvait sans cesse l'un de ses sbires pour le masquer à ma vue. Sur les mines des autres participants, en revanche, on pouvait lire, à des niveaux d'intensité divers, l'impatience et l'ennui. L'ardeur du soleil ne faiblissait pas et le prêtre jouait les prolongations. Royaume des cieux, paix du Seigneur et autres promesses lénifiantes de vie éternelle se succédaient *ad nauseam*. Des bribes me parvenaient par intermittence dont l'une me fit grincer des dents : "L'œuvre de l'homme n'est pas détruite par la mort." Rapportés au défunt, ces mots sonnaient comme une malédiction. Enfin, d'un mouvement sec du menton, Fiorella donna le signal et la caisse, au soulagement de tous, rejoignit sa sépulture. Gianni s'accroupit pour saisir une pleine poignée de terre et ses biceps se contractèrent. Le prêtre sursauta au claquement brutal de l'impact sur le bois. L'assistance se secoua de sa torpeur dans un bourdonnement d'exclamations étouffées. Le sourire de mon ami lorsqu'il se redressa me heurta de plein fouet. Je repensai à la mule. À l'instant où, libérant le premier cadavre de chien, j'avais souhaité la mort de Lenzani. Et je me demandai jusqu'à quel point Gianni l'avait lui aussi désirée. Lazare se mit à grogner, poil hérissé et babines retroussées, des signes auxquels j'aurais dû prêter plus d'importance. Mais mon esprit était déjà focalisé ailleurs, du côté de la Villa rose, d'où venait de fuser un cri perçant. Cette voix vrillée par la peur, je l'aurais reconnue au milieu d'une foule hurlante.

3

Sur la terrasse principale, les malles et les valises avaient été abandonnées. Une servante trottinait avec son plateau d'argent surmonté d'une carafe et d'un verre à pied. Une deuxième tendait un linge au baron, lequel était agenouillé. Sa sœur, ses nièces et les invités du moment faisaient cercle debout à ses côtés. De l'objet de leur inquiétude, je ne distinguais que le bout d'une sandale dorée et un pan d'étoffe vert émeraude posés sur la mosaïque d'un faune. Je me sentais pitoyable dans mon rôle de voyeur. La voix précieuse du vieux Delezio acheva de m'écorcher les nerfs.

— Reculez ! Vous voyez bien qu'elle ne peut pas respirer. Martha, enfin ! Que voulez-vous qu'on fasse de cette eau ? Ramenez plutôt de la grappa ! Et une petite pince et des glaçons, je vous prie.

Le cercle se brisa et elle m'apparut. Qui n'a pas connu Tessa Delezio ignore le visage de la beauté. Une rousse divine au teint d'ivoire et aux yeux de jade, plus affolante que Simonetta Vespucci, la muse aux pieds desquels Botticelli demanda à être inhumé. Vénus gisait à même le sol. Impuissant, je ne pouvais qu'assister de loin à son sauvetage. J'aurais voulu être le coussin qu'on lui glissa sous la nuque, le sucre imbibé d'eau-de-vie qu'on porta à ses lèvres. Mon ventre se noua à la vue des doigts boudinés du baron approchant le bout incandescent d'une cigarette de la boursoufflure qui déformait la salière délicate.

— Le venin des guêpes est thermolabile, ma chérie. Martha va retirer le dard et appliquer des glaçons. Le froid anesthésiera la douleur. Dans cinq minutes, il n'y paraîtra plus.

Passant le relais à la domestique, le baron se releva, chassa un pli de son costume et continua de fumer comme si de rien n'était. Moi, le venin, je l'aurais aspiré avec la bouche. Le dard, je l'aurais retiré de mes dents. Je n'aurais pas confié Tessa à d'autres soins qu'aux miens. Je l'aurais serrée dans mes bras jusqu'à ce que les forces lui reviennent. Et s'il avait fallu attendre des siècles, je n'en aurais pas éprouvé de lassitude. Le maître des lieux, lui, affichait en permanence un air blasé. La maladie de ceux qui sont nés dans l'opulence et qui n'ont jamais bataillé pour obtenir quoi que ce soit, le seigneur Delezio en était atteint au stade terminal. Treize mois après la mort de sa première femme qui lui avait donné deux fils jumeaux, il célébrait la fin de son veuvage en mariant Tessa et ses vingt-cinq ans, lui qui en comptabilisait le double. "Deuil de femme morte dure jusqu'au seuil de la porte", le proverbe lui allait comme un gant. Moins de deux années plus tard, cet imbécile ventripotent délaissait sa jeune épouse tremblante et choquée pour donner ses instructions au personnel de maison.

Comment était-il concevable de se détourner de Tessa ?

À la fin de l'été précédent, je l'avais trouvée assise sur le parapet de la fontaine, occupée à masser la cheville qu'elle s'était foulée. J'avais sauté sur l'aubaine et lui avais proposé de la raccompagner. Nous avions marché sur un kilomètre, mon bras autour de sa taille, le sien appuyé sur mon épaule. Je l'avais soulevée pour passer les raidillons. Le tissu de sa robe avait bâillé sur un sein rond. Ses cheveux me chatouillaient le visage, ils sentaient la bergamote et le cédrat. Elle m'avait interrogé sur Ogliano, son histoire, ses curiosités, les promenades à faire dans la montagne… Impossible de me remémorer mes réponses. L'excitation me tendait vers une seule idée fixe. Un peu avant la grille de la Villa rose, Tessa m'avait embrassé et son baiser avait glissé de ma joue à mes lèvres. Depuis, j'étais amoureux. Comme on peut l'être à dix-huit ans. Fou. Je la voyais sortir nue des trous d'eau où je me baignais, son pubis brillant du même cuivre que sa chevelure. Elle était au centre de tous mes fantasmes, nocturnes ou éveillés. Quand je me masturbais, sa main baguée d'un cabochon de corail guidait la mienne, je me la représentais en train de m'observer et de m'encourager de son regard étincelant. J'y mettais alors plus d'entrain.

Mais l'exercice en solitaire avait ses limites. Quand l'occasion, la vraie, se présenterait, car elle se présenterait, je devrais être à la hauteur. Hors de question de passer pour un rustre ou un novice. Après les vacances de Pâques, je m'étais donc décidé à prendre des leçons particulières. Dans la petite ville à une heure d'Ogliano où, durant la semaine j'étais pensionnaire au lycée, il y avait l'embarras du choix. Le mien s'était porté sur Nina, une brunette aux courbes généreuses de quatre ans mon aînée. “Par la Madone ! Pincez-moi !” s’était-elle exclamée d’un air incrédule en me découvrant à sa porte.

Sur ces mots, elle m’avait tiré par le poignet à l’intérieur de son modeste rez-de-chaussée. Je l’avais pincée, câlinée, léchée, sucée, frottée, mordillée et baisée de toutes les façons qu’elle m’avait enseignées. Elle ordonnait, j’obéissais. Bouton caché, boutons dressés, jeux de doigts, de langue, géographie comparée des caresses… j’avais potassé avec assiduité chaque chapitre de son encyclopédie, réalisant avec un étonnement rétrospectif l’étendue de mon ignorance. Les démonstrations de son plaisir m’émerveillaient, elles étaient la preuve que mon instruction portait ses fruits. Il y avait eu douze chapitres, soit la totalité d’économies accumulées au fil de petits boulots. Mon ultime rendez-vous avait été placé sous le signe de l’éloge de la lenteur, je m’y étais rendu le cœur gros : Nina était une pédagogue accomplie et sans tabous.

À l’issue de nos travaux dirigés, alors que je me rhabillais sans enthousiasme, elle déboucha une bouteille de muscat.

— Pour fêter ton certificat d’aptitude ! Elle a bien de la chance ton amoureuse… On trinque ? Le vin eut un arrière-goût amer. Le tableau des rondeurs de Nina en tenue d’Ève, de ses mamelons luisants de ma salive, et la musique de ses petits claquements de langue tandis qu’elle buvait avaient réveillé mes instincts en même temps qu’ils me rappelaient la finitude de toute chose. Cette leçon-là avait été cruelle. Je ne savais pas s’il existait une bonne manière de dire adieu à une femme que l’on paie pour vous initier aux mystères d’Éros. Dans le fond, je n’étais pas fier de tirer profit d'un dénuement qui ne lui avait laissé d'autre choix que de mettre sa chair à l'étal. Pourtant, la tristesse m'étreignait. Je déposai sur la table une pochette de papier dans laquelle était glissé le pendentif en filigrane d'argent d'une fleur d'orchidée. Conclure notre arrangement mercantile par une attention personnelle m'avait paru une bonne idée. En découvrant le bijou, le menton de Nina se mit à trembloter, accentuant ma gêne. Puis elle vida son verre cul sec. Je fis de même.

J'étais ressorti mélancolique et barbouillé sur le pas de la porte. Un type chauve traînait dans l'impasse. Il massait l'entrejambe de son pantalon crasseux en matant les rideaux baissés de la fenêtre. Ils furent remontés et il entra. J'eus envie de vomir de dégoût. Dégoût d'un monde incapable de protéger ses Nina, qui tolérait qu'elles soient salies en échange de quelques billets. Dégoût de moi-même. Ma jeunesse était la seule chose qui me différenciait de ce porc.

Tout ça, pour Tessa. Tessa qui se relevait, soutenue par Martha. Tessa, les cheveux en désordre et le teint blême. Tessa en chair et en os, si fragile et plus désirable que dans mon souvenir. Tessa à qui je brûlais de déclarer ma passion. Puisque celle du baron s'était émoussée, puisque le vieil imbécile avait perdu le goût de jouir de ses trésors, la place était à prendre. J'avais pour moi l'arrogance et la fougue des débutants. Ne manquait que l'opportunité. J'étais confiant. Trop. Je ne vis pas les oreilles de Lazare se dresser.

4

J'eus tout juste le temps de laisser tomber les jumelles dans ma besace. Raffaele Delezio fit un bond de côté, déconcerté de me trouver en travers de sa route, autant que moi de le voir émerger d'un bouquet de fougères. Il n'avait pas changé. Lunaire et retiré en lui-même, ce qui faisait dire à certains qu'il se croyait supérieur au commun des mortels. Je ne partageais pas cet avis. Le fils du baron n'avait pas hérité de la morgue paternelle. D'allure, il devait beaucoup à sa mère, élancé et châtain, là où son père était replet et aussi noir de poil que les sangliers qu'il aimait chasser. Pour le reste, difficile d'en juger : il se tenait toujours tête penchée, abrité derrière une longue frange, comme s'il était occupé à chercher quelque chose. Je crois, moi, qu'il ne s'était pas remis de la disparition de son frère jumeau survenue après une mauvaise chute. Le cœur de sa mère n'y avait pas survécu. *A contrario* du baron, Raffaele n'avait pas tourné la page. Quand il lui arrivait de se joindre au groupe de jeunes que nous formions, il ne se mêlait pas à nos jeux et parlait peu. Il se déplaçait sans bruit, sur la pointe des pieds, comme pour s'excuser d'être là. La seule compagnie que je lui connaissais était ce livre à la reliure fatiguée qu'il emportait partout et qu'il avait dû lire des milliers de fois, l'*Antigone* de Sophocle. Dans sa surprise, il lui avait échappé. Je le ramassai et le lui tendis. Il l'appuya sur son torse.

— Libero ! Si je m'attendais… Merci. Tu…

S'ensuivit un silence embarrassant dont je ne savais pas s'il fallait l'interrompre et si oui, comment.

— Elle est belle, n'est-ce pas ?

Ma bouche s'ouvrit. Je tentai d'improviser une excuse sans autre résultat que d'avaler de l'air chaud.

La main libre de Raffaele balaya l'espace.

— La vue. Ogliano, le gradin des collines… Et les contreforts de l'Argentu, c'est d'ici qu'ils sont les plus mystérieux. C'était l'endroit…

Sa poitrine se gonfla mais il se tut et se mit à gratter la poussière du bout de sa chaussure. J'étais trop soulagé pour compatir à son brusque désarroi. Ces vallées s'étageant à l'infini m'évoquaient la monotonie des prisons. Des creux, des bosses, des forêts et des planches de jardins, du vert toujours et encore, déjà éteint par le feu de l'été. Nulle part le bleu de la mer. Moi qui ne rêvais que de départ, j'aurais voulu entrevoir un bout d'horizon, et dans cette brèche, des bateaux. Quant au massif de l'Argentu, pour l'avoir arpenté à m'en user les semelles, je savais la rançon de ses beautés sauvages, combien elles mettaient les hommes à l'épreuve de leur valeur, voire de leur humanité. Ses espaces recouverts de végétation primaire, sillonnés de ruisseaux et troués de grottes avaient englouti tant de bergers, de bandits et de carabiniers qu'il m'arrivait de le voir comme une nécropole. Je les avais chéris. J'en étais venu à les détester. Ma grand-mère y était morte en couches. Mon grand-père y avait usé sa vie à surveiller un maigre troupeau de chèvres. Il en avait tiré à peine de quoi survivre et élever ma mère. Aucun mystère dans ces paysages, mais au contraire la manifestation flagrante d'une vérité sans âge : aux bien nés, la poésie, aux autres, l'âpreté du réel. Je renonçai à entraîner Raffaele sur ce terrain, s'il n'était ni bête ni antipathique, sa carte n'était pas mon territoire. D'autant que j'avais été à deux doigts de me faire pincer : je n'étais pas en position de donner des leçons. Je vins même à son secours.

— Le champ, il est à Herminia, tu le savais ?

— Oh oui, tu penses ! dit-il sur un ton léger. Il jouxte notre parcelle et mon père veut le racheter depuis des années. Il lui en a proposé dix fois son prix. "Les oliviers de Vitalio ? Plutôt les donner au démon !" elle lui a répondu. J'ai bien cru qu'elle allait mordre.

Que Raffaele se réjouisse ouvertement de cette fin de non-recevoir m'amusa. Je restai pantois lorsqu'il reprit la parole pour exprimer très exactement le fond de ma pensée.

— On en a déjà bien assez.

Un euphémisme. Les plus belles terres arables et de nombreux domaines forestiers, soit le double des possessions réunies des habitants d'Ogliano, l'ensemble produisant rentes et fermages qui tombaient chaque année comme du pain bénit. Et ce n'était là qu'une infime partie des revenus du baron. Le vieux Delezio avait mis le dernier cran à sa ceinture et il continuait de s'empiffrer.

Raffaele eut un sourire embarrassé.

— Je vais à la cascade… Si ça te dit…

Je le suivis, plus par intérêt que porté par un élan de camaraderie. Qui sait ? Peut-être pourrais-je glaner des informations sur sa délicieuse belle-mère. Tout de même, je trouvai extraordinaire qu'il préférât barboter dans la cuvette d'une douche à 16 degrés plutôt que se prélasser dans la piscine hollywoodienne que le baron avait fait creuser après son remariage. Nous empruntâmes le sentier muletier qui faisait une boucle au-dessus du village, dépassâmes la fontaine où j'avais joué les chevaliers servants et, après trois quarts d'heure de progression à travers un maquis de chênes verts, nous parvînmes au lieu-dit du Voile de la Mariée. Là, depuis le sommet d'un versant abrupt, un ruisseau dégringolait un toboggan de roc jusqu'à une vasque de la même eau que les yeux de Tessa. De loin, la coulée d'écume d'un blanc virginal paraissait une traîne flottant à flanc de falaise. Pour nous, c'était seulement la "cascade".

Durant le trajet, Raffaele était retombé dans son mutisme et je ne sus pas comment engager la conversation. Il avait bondi d'une marche rudimentaire à l'autre sans marquer d'hésitation. Sauf, à intervalles réguliers, pour vérifier que le livre n'avait pas glissé de sa poche. Et tandis que je m'ébrouais sous les ricochets glacés en me lavant de la suée de la montée, il s'installa à l'ombre d'un aulne et commença à lire. J'enlevai mon tee-shirt, l'accrochai à une branche et plongeai en l'invitant à m'imiter.

— Après, peut-être.

Après quoi ? Qu'y avait-il dans cette tragédie qu'il ne sache déjà ? Entre deux brasses, je l'observais à la dérobée. Ses lèvres remuaient et son profil était la proie de métamorphoses successives. Raffaele vivait le texte. Il était chacun des personnages. Désespérant de le voir me rejoindre, je m'étendis sur un rocher. Lazare mit fin à son infructueuse pêche à la truite et glissa sa truffe sous mon bras. En le caressant, je m'abandonnai aux chaleurs enveloppantes de la pierre et du soleil. Tessa était-elle allée se reposer à l'étage ? Faisait-elle chambre à part avec le vieux Delezio ? Comment repérer sa fenêtre ? Dormait-elle nue ? Quels itinéraires de promenade allait-elle emprunter ? Ses mamelons étaient-ils du même rose tendre que sa bouche ?

Le bruit d'un plongeon interrompit le cours obsessionnel de mes divagations. Raffaele s'était décidé à abandonner sa lecture. Non sans avoir au préalable emballé l'ouvrage dans sa chemise. Il nageait. Ses mouvements s'enchaînaient, amples et coordonnés. Sa propulsion était puissante et sa glisse harmonieuse. Facile. Ce qui ne lui avait pas été donné par sa naissance lui avait été enseigné dès le plus jeune âge si bien que tout lui devenait naturel. Il n'avait que sept mois de plus que moi et des siècles de longueur d'avance. Quels que fussent mes mérites, la course lui était acquise. Je me pris à le détester d'être lui.

L'instant suivant, sa tête émergea, cheveux plaqués en arrière. Je détaillai alors son visage pour la première fois. En plus, il était beau. D'une beauté aux proportions classiques qui s'impose d'elle-même, graduellement et sans tapage. Il me sourit. C'était doux et un peu triste. Un sermon de ma mère me traversa l'esprit. "Ne regarde pas en haut avec envie ou en bas avec dédain, Libero. Fais ta route, c'est bien assez." Je m'en voulus de mon mouvement d'humeur et lui répondis d'un signe de la main. Il se hissa à côté de moi et s'assit en se tenant les genoux. À nouveau, ses cheveux vinrent le dissimuler à mon regard.

— *“Le bon et le méchant n’ont pas un droit égal.”* Tu es d’accord avec ça ?

Décidément, il n’avait pas changé avec ses lubies et sa manie de vous cueillir à froid. Je n’en fus pas déstabilisé pour autant. J’avais étudié *Antigone* et cette phrase avait éveillé en moi bien des résonances. Le droit et la justice, ou plutôt leur absence étaient notre lot quotidien. Cet état de fait que la plupart acceptaient comme la normalité, je ne l’admettais pas. Les mots, je les portais au cœur depuis longtemps et ils me vinrent en une tirade enflammée.

— Non ! Le même droit pour tous, bons et méchants, petits et grands, sinon, rien ne tient plus ensemble ! Une seule justice, des lois équitables et des hommes intègres pour les servir. Pas le fait du prince ou des “Don” ! Voilà comment les choses devraient être, Raffaele ! Voilà comment elles ne sont pas chez nous ! Ici, tout dépend de ta famille et de tes relations. Les combines et les passe-droits en haut de l’échelle ont tué l’idée de justice. Ça c’est la première violence et il n’y a que ceux qui la subissent qui la voient. Elle en appelle une autre qui fait des morts. Tu sais pourquoi ? Parce que là où il n’y a plus l’espoir d’une égalité de traitement, il ne reste que la loi du plus fort.

Le carillon d’Ogliano sonna l’Angélus en accompagnant la fin de ma diatribe d’une note solennelle. Je repris ma respiration, réalisant que j’avais outrepassé sa question avec une véhémence exagérée.

— Mais il ne faut jamais poursuivre l’impossible, murmura Raffaele comme pour lui-même.

Il hochait la tête, dans un état second. Ce livre, son chagrin, je me pris à douter de sa santé mentale.

— Pardon, Raffaele, j'avais oublié l'heure. Je dois y aller.

Il m'attrapa l'avant-bras et ce contact inattendu me fit frissonner.

— Attends. Après-demain, mon père donne un vin d'honneur pour fêter mon entrée à l'université. Tout le village est invité. Toi, viens.

Je promis. Plutôt deux fois qu'une.

5

Sous l'effet de la brise de fin de journée, l'air se décompactait et Ogliano reprenait son souffle. Dans ses ruelles conçues pour piéger l'ombre, la température avait chuté. Les persiennes des maisons étaient grandes ouvertes. Des fumets de ragoûts montaient des arrière-cours. Les femmes se serraient sur les murets en grappes noires. Toutes avaient amené de l'ouvrage, un pantalon à repriser, des légumes à éplucher… Un landau que l'on faisait aller et venir dans un mouvement de métronome. Les mains étaient à la tâche mais les langues n'étaient pas en reste. De ce que je pouvais saisir de leurs conversations, le cas Lenzani était froid. Les règles de la préséance ayant repris leur droit, les esprits s'échauffaient au sujet du baron et de la réception en l'honneur de Raffaele.

Les enfants avaient investi les placettes. Deux fillettes pouffaient en se disant des secrets à l'oreille, une toute petite se donnait des airs de dame en grondant son poupon. De part et d'autre de la traverse, des bandes de garçons se canardaient avec des pistolets en bois. Il me semblait qu'hier j'étais des leurs et qu'entre hier et aujourd'hui il y avait un monde. Ce monde-là n'avait pas changé.

On avait rajouté tables et chaises à la terrasse du café. Les hommes mettaient leur tournée et elles s'enchaînaient car il était autant question de rendre que de ne rien devoir, ou alors de paraître. Plus rarement de célébrer l'amitié. Peu de bienfaits étaient consentis sans arrière-pensée. Le patron s'activait, empochant les billets aussi vite qu'il remplissait les verres, et ses yeux pétillaient de contentement. En tirant sa révérence et à son corps défendant, Lenzani avait accompli une bonne action. L'idée me mit en joie.

Je répondis au salut d'un groupe de jeunes attablés sous un érable. Gianni n'étant pas du nombre, je poursuivis ma route. De ma génération, j'étais le dernier lycéen. La plupart des filles s'étaient mariées Ceux qui n'avaient pas émigré vivotaient de petits boulots ou aidaient des parents qui tiraient le diable par la queue. Certains, le diable, ils l'avaient suivi de l'autre côté de la vallée. À Silano, fief des Carboni et de leur chef, Dario. "Représentants de commerce" ou "dans la construction", disaient leurs proches quand on les interrogeait sur l'emploi qu'ils occupaient. C'est que les Carboni étaient de grands négociants et des bâtisseurs hors pair, leurs affaires étaient florissantes. Ils auraient pu achever la construction de Rome en un jour et la vendre à bon prix au soir. La mafia avait un boulevard devant elle. Officiellement, tous continuaient de mettre en doute son existence. "Une rumeur, une fable exagérée…" Les gens d'ici gobaient sans sourciller des histoires de Vierge pleurant des larmes de sang, de sorcières et de fées, ils craignaient le malheur au passage d'un cheval boiteux, mais à la mafia, ils faisaient mine de ne pas y croire. Ils refusaient de la nommer. À quoi bon désigner ce qu'on ne peut affronter ?

À leur décharge, notre village n'était pas dans l'œil du cyclone. Ceux qui l'avaient déserté pour prêter allégeance aux Carboni n'y étaient pas revenus rouler des mécaniques ou alors les pieds devant. Les dates gravées sur les dalles de marbre lisse témoignaient combien leur espoir d'un avenir meilleur avait été bref. Ogliano se situait dans une zone blanche. La Suisse, en somme, sauf que nous étions pauvres comme Job. Les réflexes féodaux ayant la vie dure, d'aucuns attribuaient cette paix relative à l'aura protectrice du baron. S'ils étaient dans le vrai, alors le vieux Delezio avait conclu un pacte d'entente cordiale. La peste et le choléra s'étaient réparti les territoires. Je ne voyais pas d'autre explication. Ces hommes et leur chef, à l'enterrement de Lenzani, plus encore leur présence frappée d'invisibilité ne me disaient rien qui vaille. Parce qu'il était inédit, ce fait devenait inquiétant.

Ici, on se baignait toujours dans le même fleuve. Notre communauté était régie par une hiérarchie aux règles immuables. À chacun sa place et sa fonction. Si, par extraordinaire, une brebis s'égarait du troupeau, elle était parquée à part. En isolant le désordre, on contenait le chaos et la contamination. Ainsi, Herminia était "la Folle". Qu'elle batte la campagne à la nuit tombée en chantant à tue-tête ou qu'elle ceigne des couronnes de fleurs sur sa tête de vieux pruneau n'émouvait personne. Lorsqu'elle écartait les jambes pour pisser debout en pleine rue, les réactions se bornaient à une moue résignée. "Qu'est-ce qu'elle y peut, la pauvre ? Dieu ait pitié." Dans le même registre, quoiqu'à un degré moindre, ma mère et moi étions les "originaux". Ce statut nous le devions à mon grand-père "Argentu", un surnom qui tenait à sa connaissance du massif et à ses cheveux qui avaient blanchi d'un coup la nuit où ma grand-mère avait rendu l'âme. Argentu s'était obstiné à envoyer sa fille à l'école après qu'elle avait appris à lire et à compter, ce qui était déjà plus que suffisant. "Qu'il lui montre plutôt comment faire le fromage et s'occuper d'un mari !" Pour l'opinion populaire, ce qui avait découlé de ce choix contraire aux usages en était la suite logique. Quand ma mère, certificat en poche, avait quitté son emploi en ville pour devenir institutrice à Ogliano, on avait conclu qu'elle avait hérité du gène qui faisait marcher les Solimane sur la tête. Lorsque son ventre s'était arrondi, sans fiancé à l'horizon, la morale fut toute trouvée. Argentu avait élevé sa fille, seul et en dépit du bon sens, Argentina serait condamnée à répéter la faute du père et ainsi de suite jusqu'à la fin des temps. Tel cep, telle bouture, ce qui naît tordu ne saurait se redresser : Amen.

Moi, j'en bouillais de rage. Leur commisération teintée de fatalisme me mettait hors de moi. J'en voulais aussi et surtout à ma mère. Mes supplications et mes menaces n'avaient aucun effet. Quand je l'interrogeais sur mes origines, elle desserrait à peine les dents. "Nous nous sommes aimés et il est mort. Maintenant, je suis ta mère et ton père, Libero. Le nom de Solimane ne te suffit-il pas ?"

Le nom, je m'en foutais comme d'une guigne, ce que je voulais c'était savoir. Tant de choses…

Je dépassai la maison de Gianni. Deux hommes en gardaient l'entrée. Les nervis du cimetière. Je revins sur mes pas. Leurs mains se portèrent sous leur veste et Lazare aboya. Je m'arrêtai. Au même moment, ils eurent ce mouvement sec de la tête signifiant “passe ton chemin, il n’y a rien à voir”. Leur synchronisme était presque comique, bien que leur attitude menaçante ne prêtât pas à sourire. Je levai les yeux vers les fenêtres. En effet, il n’y avait rien à voir. Les volets étaient tirés. Comme je ne me décidais pas à bouger, l’un d’eux descendit du perron au ralenti. Sa cigarette était fichée entre ses lèvres et la fumée lui montait droit dans l’œil sans qu’il en soit incommodé. Il aspira une longue bouffée et j’entendis le sifflement de la couleuvre que l’on dérange dans les herbes. Puis, il laissa choir son mégot et l’écrasa en s’y reprenant à plusieurs fois, jusqu’à l’enfoncer en terre. Durant tout ce temps, il ne cessa de me fixer d’un regard impavide qui prit l’éclat du métal lorsque je me remis en chemin. Je le sentis peser sur moi jusqu’à ce que je disparaisse de son champ.

La fin de Lenzani prenait un tour bizarre. Je n’y avais vu que des bénéfices. Mon jugement m’apparut hâtif. Je pensai aux chênes-lièges que l’oncle de Gianni avait écorchés sa vie durant et qui libèrent leurs bourgeons dormants sous la chaleur de l’incendie. Un mauvais pressentiment m’étreignit. Et si cette pourriture avait trouvé le moyen de prolonger son pouvoir de nuisance à travers la mort ?

6

Juchée sur un escabeau, les cheveux noués dans un mouchoir, ma mère peignait des mésanges sur le linteau d'une fenêtre. La salle de classe au-dessus de laquelle nous habitions était recouverte de fresques foisonnantes. Mais il y avait toujours un espace à combler, des couleurs à rafraîchir, une fleur ou un oiseau à rajouter. Le chantier était sans fin. D'après Argentina, l'enfance devait être le temps de l'innocence et l'école, son temple. Elle en était une gardienne farouche.

Bien qu'il me fût difficile de la voir autrement que comme un fils, et depuis que je m'intéressais au sexe opposé, j'avais remarqué qu'elle ne laissait pas les hommes indifférents. D'une taille très supérieure à la moyenne, athlétique, elle accrochait d'emblée le regard. Nous partagions le même nez busqué et les mêmes yeux noirs aux paupières bistre. Son sourire était communicatif et ses colères froides. Argentina était dotée d'un caractère entier que mon grand-père comparait à celui des chevaux retournés à l'état sauvage qui errent sur les plateaux d'altitude. Les prétendants endimanchés qui s'étaient risqués à la courtiser furent éconduits sans cérémonie. À Ogliano, je ne connaissais personne possédant les qualités susceptibles de l'amadouer. Une forteresse. Mais alors qui ? me demandai-je une fois de plus en l'observant.

— Ne reste pas planté là, Libero. Va donc tirer du vin. Le dîner est prêt. Tu me raconteras ce qui te contrarie en mangeant.

Elle avait le don de deviner ma présence dans son dos et, plus irritant, celui de lire en moi. L'œil de Lazare quémanda une autorisation de principe et il fila vers sa gamelle avec des bonds désordonnés de jeune chiot.

Aux grandes vacances, nous prenions nos quartiers dans la cour de l'école et nous déménagions notre cuisine sous le préau. La table était déjà mise. Lorsque je remontai de la cave, je trouvai ma mère figée devant son assiette, l'air absent.

— Alors, cet enterrement ? dit-elle en me prenant le pichet des mains.

Je racontai. Les cinq étrangers au passage desquels tous étaient devenus aveugles et bossus. Les chiens de garde devant la maison de Gianni.

— Tu penses que ça pourrait être le clan des Carboni ? Et le grand type, Dario lui-même ?

— Comment veux-tu que je sache puisque je n'y étais pas ?

— Je te demande ce que tu en penses, insistai-je. Qui d'autre sinon ?

— Des crapules avec qui Lenzani a été en affaires, il y en a autant que de poux. Pourquoi les Carboni se déplaceraient pour de la piétaille ?

Sa remarque tombait sous le sens. Lenzani avait été aussi bête que méchant. Sadique et malhonnête, certes, mais ni assez rusé ni fin stratège. Son vice manquait d'envergure. Dans la société des Carboni comme dans l'autre, pour gravir les échelons il fallait être d'un autre bois. N'empêche. Je n'avais pas eu la berlue. Ces types protégeaient quelqu'un et ce n'était pas un second couteau. Gianni et sa mère Fiorella avaient peut-être des ennuis, et tout ça par la faute de l'oncle Lenzani.

— Ce serait bien que tu lui parles, glissa ma mère comme si j'avais pensé à voix haute.

— Et s'ils étaient venus pour le recruter ?

Elle me resservit une louche de pâtes en secouant la tête.

— Tu déraisonnes, Libero. À Silano, ça se bouscule au portillon. Il y a plus de bras tendus que de fusils pour les armer. Ils seraient venus jusqu'ici pour Gianni ? Non. Ogliano n'existe pas, n'a jamais existé. Nous ne comptons pas pour eux. C'est une bonne chose et il n'y a aucune raison que ça change.

Pour une fois et sur ce point, le *statu quo* me sembla souhaitable. Les paroles de ma mère éloignèrent mes craintes et Tessa revint me hanter.

— J'ai vu Raffaele…

— Oui, et ?

— Après-demain, il y aura…

— Je sais et je n'irai pas.

J'étais conscient de ne pouvoir emporter cette bataille, pourtant j'enfonçai le clou.

— C'est de Raffaele qu'il est question. Lui, tu l'aimes bien, non ? Et puis il n'y aura pas que des gens d'Ogliano, ça te fera sortir, voir du monde…

— Je vois qui je choisis de voir. À la Villa rose, je n'y mets pas les pieds.

— Moi, en tout cas j'irai. Le baron rince à l'œil, je ne vais pas me priver. Ce sera toujours ça de pris !

— Des miettes ! Ils nous tondent la laine sur le dos et quand ils font l'aumône, en plus, il faudrait dire merci.

— Je prends ce qu'il y a à prendre et pour le merci, il peut faire une croix dessus. J'irai. Pour Raffaele. Tu voudras bien me repasser ma chemise blanche ?

— Pour Raffaele, hein ?

Ma mère me regarda bien en face. J'eus l'impression de devenir transparent.

— Pour ceux de la caste des Delezio, mon fils, nos chemises ne seront jamais assez blanches. Mais tu seras quand même le plus beau, ajouta-t-elle en me tapotant la main.

Je piquai du nez en cherchant un moyen de faire diversion. Le champ d'Herminia et sa passe d'armes avec le vieux Delezio me parurent tout indiqués.

— Elle a des raisons de lui en vouloir ? Il y a quoi entre eux ?

— Herminia, elle est plus près des cent que des quatre-vingt-dix, ça remonte au grand-père du baron. À l'époque, le tien de grand-père était encore enfant et même lui n'a pas su me dire ni comment ni pourquoi… Mais il se souvenait qu'elle n'avait pas toujours été comme ça. On ne bascule pas dans la folie sans raison, Libero. La démence d'Herminia, moi, je crois que c'est un chagrin trop lourd à porter.

Ma mère commença à débarrasser la table et je me levai pour l'aider. Je tentai une dernière fois d'infléchir sa volonté au sujet de la soirée du surlendemain. Sans succès. Si je tenais tant à l'entraîner à cette fête comme à toutes celles qui étaient données dans la région, c'est que j'entretenais l'espoir de la confondre. Dans les réponses *a minima* d'Argentina comme dans ses silences, j'entendais sourdre un double mensonge. Mon père était un salaud et il n'était pas mort. Je voulais son nom. Pas pour le porter, non. Pour le lui cracher à la figure. Les jours de colère, je me voyais tuer un homme sans visage.

7

HERMINIA

Elle est folle, Herminia ! Elle est folle ! Han han ! Elle leur pisse dessus, Herminia. Elle leur pisse dessus parce que ce sont eux les fous ! Elle le sait, Herminia, elle le sait que ce sont eux les fous. C'est écrit dans la Bible, elle ne ment pas, la Bible. "Avec leurs yeux, ils ne voient rien, avec leurs oreilles, ils n'entendent rien !"*

Tu le sais toi, qu'elle n'est pas folle, Herminia, hein Vitalio ? Elle a la peau douce comme les olives, et les lèvres roses comme les pêches de vigne… Ah tu es un beau parleur, Vitalio, mais dis à tes mains de se tenir tranquilles. Donne-les à Herminia, elle va les embrasser. Pour qu'elles restent sages jusqu'au mariage. Allez, ne fais pas cette tête, il n'y a plus long à attendre. Le temps de moissonner les blés du père et elle sera à toi. Elle s'est gardée pour toi, Herminia. À elle aussi, il lui tarde. Ce que tu es beau ! Et comme tes bras sont forts ! Mais tu seras doux avec elle, tu l'as promis. Tu l'aimeras toujours, tu l'as juré. Herminia aussi, elle t'aime. Elle n'a pas honte de dire que de ta peau, elle en crève. Surtout les bouts qui n'ont jamais vu le soleil. Ne rougis pas ! Au lit et à table, il n'y a pas de gêne. Pas entre un mari et sa femme. Elle sera ta femme, Herminia. Elle

* Bible, Jérémie, 5, 21.

te donnera des beaux enfants. Bien joufflus. Des petits Jésus avec tes yeux rieurs. Toi, tu planteras des oliviers, dans son champ. Le travail ne lui fait pas peur à Herminia. Tu verras, comme elle les ramasse vite les olives ! Des deux mains ! Oh, elles sont belles tes fleurs, Vitalio ! Regarde, elle les met dans ses cheveux. Regarde comme elle est jolie. Elle en mettra tout plein pour les noces. Et au soir, quand tu lui déferas sa coiffure, tu verras comme ses cheveux sentiront bon ! Allez, va, va ! Demain, oui demain. Embrasse-la sur le front. Oh Dieu ! Comme tes lèvres sont douces ! Non, non, Vitalio ! Tu vas la rendre folle, Herminia. Allez, va. Va et reviens-lui vite.

Non, non, elle n'est pas folle, Herminia ! Elle n'est pas folle ! Han han ! Elle le sait que ce sont eux les fous et elle leur pisse dessus. Tiens ! Qu'ils prennent ça ! Herminia, elle sait. Ce sont eux qui ne veulent pas savoir. Des bêtes de somme, voilà ce qu'ils sont. Les bêtes de somme du baron. Des vaches, des chèvres, des moutons, des cochons. Meuh ! Bêê ! Grouik grouik ! Bons à traire. Bons à saigner. Nés pour trimer. Des coups de bâton aux béliers et des mains au cul des chèvres. Elle le voit bien, Herminia. Elle est pure mais elle n'est pas folle. Elle les voit bien, les manœuvres du baron. Les autres aussi, mais ils baissent les yeux. Elle ne baisse pas les yeux, Herminia. Elle est à Vitalio. Sa fleur, elle ne la donnera qu'à lui. Il le sait, le baron, il le sait puisqu'il a donné son accord pour les noces. Herminia, elle ne laissera pas le baron prendre ce qui revient à Vitalio. Elle n'en veut pas des grosses pattes et de la sale bite du baron. Elle n'est pas sa chèvre ! Non, elle n'est pas sa truie ! Qu'il remballe son attirail, le cochon ! Et les autres, qu'ils viennent puisqu'ils savent !

Elle s'est battue, comme une folle, Herminia ! Han han ! Comme une folle ! Non, non, ne pleure pas,

Vitalio. Herminia, elle lui a mordu l'oreille, au baron. Même que c'est lui qui a crié. Ah ! Il a crié, le sale bouc ! Non, non, ne crie pas ! Herminia, elle lui a donné du mal, au baron. Si elle avait eu un couteau, elle l'aurait saigné, le cochon. Elle n'avait pas de couteau, alors elle lui a pissé dessus. Elle n'a pas crié, elle n'a pas pleuré, elle a serré les dents sur son oreille poilue. Non, non, Vitalio, le baron, tu ne vas pas aller le tuer ! Ils te prendront avant et c'est eux qui te tueront ! Et qu'est-ce qu'elle fera après, Herminia ? Pense aux noces ! Souviens-toi, les fleurs dans les cheveux, les oliviers dans le champ, les bébés joufflus, beaux comme des Jésus ! Pense à Herminia et oublie le baron. Herminia, elle va l'oublier le baron, si tu restes avec elle, si tu la prends dans tes bras si forts. N'y va pas, Vitalio ! N'y va pas !

Non, non, elle n'est pas folle, Herminia ! Elle n'est pas folle ! Han han ! Elle a rendez-vous, avec Vitalio. Vous ne la croyez pas ? Elle vous pisse dessus ! Tenez, prenez ça ! Elle n'a pas rêvé, Herminia. Elle a mis des fleurs dans ses cheveux. Elle s'est faite belle, pour toi, Vitalio. Tu es si beau ! Regarde, comme elle est jolie, Herminia, écoute comme elle chante. Herminia, elle chante pour toi, Vitalio.

8

Tessa traversa le Voile de la Mariée et se hissa sur le rocher où j'étais étendu. Elle m'enjamba et cala ses pieds sous mes hanches. Des gouttelettes ruisselaient entre ses seins, perlaient de sa toison fauve à ma bouche. Son sexe charnu suintait comme une pâte de fruits. Elle se cambra et me l'offrit. Je me redressai pour en lécher le sucre. Elle me plaqua la tête en gémissant mon prénom. Ses doigts s'enfonçaient dans mes boucles et ma langue dans sa fente. Je lui empoignai les fesses. Elle me repoussa pour saisir mon visage à deux mains.

— Il y a si longtemps que j'attends ce moment, Libero.

Puis elle s'empala sur moi avec un sourire de madone.

Comme surgie des limbes, la voix de Raffaele me vola la fin de mon rêve et ma jouissance toute proche. J'eus beau convoquer Tessa dans tous ses états, me secouer jusqu'à la brûlure. Rien. Je rallumai la lumière.

— Mais il ne faut jamais poursuivre l'impossible, murmurai-je en m'asseyant sur le lit.

Raffaele m'avait-il adressé cette phrase sans queue ni tête ? Sinon à qui et pourquoi ? Ces mots étaient-ils les siens ? L'ouvrage de Sophocle traînait parmi mes livres de classe, sur la planche qui me servait d'étagère. Je ne l'avais pas ouvert depuis deux ans. Une partie de la réponse me fut donnée dès le prologue. Dans ma version, Ismène y prononçait une mise en garde similaire : "C'est mal déjà que de tenter l'impossible." Ismène, raisonnable Ismène qui cherchait à détourner sa sœur de ses projets insensés. Je l'avais jugée lâche et inconstante. Trop soumise pour oser braver l'interdit. Puis effrayée à l'idée d'être la dernière survivante de son clan, au point de vouloir partager le sort d'Antigone. Surprenant que Raffaele ait choisi de s'exprimer par sa bouche.

Cette nuit-là, je relus la pièce en entier. Elle débutait après une guerre de succession qui aurait pu se dérouler à Silano. Les deux fils d'Œdipe s'étaient entretués au pied des remparts de Thèbes. L'un les avait défendus. L'autre avait voulu les abattre. Pour le trône, quoi d'autre ? L'oncle Créon rafla la mise. Il proclama que le premier, Étéocle, aurait droit aux honneurs, tandis que le second, Polynice, serait privé de tombeau, livré aux rapaces et aux chiens. Antigone viola le décret de Créon et recouvrit de terre la dépouille de son frère. Chacun invoquait la légitimité de ses actes. Créon, au nom des lois écrites, de l'unité et de l'intérêt de la cité qu'il plaçait au-dessus des liens du sang. Antigone au nom des lois d'usage, de la piété familiale et pour ne pas être séparée de Polynice dans l'au-delà. Créon prenait Zeus à témoin de sa bonne foi. Antigone en appelait à Hadès. Leurs positions étaient irréconciliables. Les dieux, comme souvent, demeurèrent sourds. Antigone se pendit dans la grotte où Créon l'avait condamnée à être ensevelie vivante. Son fiancé Hémon, le fils de Créon, venu pour la délivrer, hélas trop tard, se transperça le flanc. À l'annonce de la nouvelle, sa mère, Eurydice, se trancha la gorge. Une hécatombe.

La soif et l'abus de pouvoir, les querelles et les meurtres, la famille et les lois, la malédiction du malheur, le sacrifice et la fascination pour la mort, deux mille cinq cents ans après sa création, le texte parlait dans ma langue. J'étais curieux de connaître sa résonance dans l'esprit du fils du baron. Si Raffaele était la sage Ismène, alors se pouvait-il qu'Antigone ait été Gabriele, son frère jumeau décédé ? Et quelle chose impossible Gabriele aurait-il voulu accomplir ? En s'opposant à quelle autorité ? Celle du père ? Le vieux Delezio incarnant le tyran colérique et paranoïaque, l'hypothèse m'enthousiasma. Le rôle était à la mesure de sa médiocrité et de son mépris des femmes. Le personnage qui avait ma préférence, bien sûr, était Antigone, la petite fiancée des ténèbres. Seule contre tous, révoltée, absolue, irréductible, téméraire. Pourtant, à redécouvrir ce drame consommé dès son ouverture, les lignes de démarcation s'estompaient. À Thèbes comme ici, hier comme aujourd'hui, rien n'était aussi évident ni manichéen qu'il y paraissait. Au premier regard, nous n'effleurions que la partie visible. Au deuxième, nous étions encore loin des forces souterraines à l'œuvre. De mauvaises actions s'accomplissaient pour de bonnes raisons. D'un mal pouvait résulter un bien.

Je tournai la dernière page sans être plus avancé. La perplexité avait remplacé mes certitudes. L'intention de Raffaele, s'il en avait eu une, me dépassait. À ressasser ces destins désespérants, je redoutai que lui aussi ne finisse par se pendre. J'éteignis la lumière et ouvris ma fenêtre en grand. J'étais en nage. Le souffle de la montagne me sécha en quelques instants. Des chauves-souris cisaillaient l'air. J'admirai leur vol millimétré, quasi silencieux, à peine un froissement. Créatures de l'ombre, comme Antigone. La fille d'Œdipe aurait mérité mieux que ces noces morbides. À la place de Sophocle, je lui aurais donné une cause plus grande, j'aurais fait en sorte que sa mort ne soit pas vaine. Tout bien pesé, cette histoire n'était qu'une bisbille de princes prêts à se déchirer pour régner, d'un roi stupide et inconséquent qui n'avait eu qu'à se baisser pour ceindre la couronne, d'une princesse promise à son cousin germain et s'opposant à son futur beau-père au sujet de funérailles et de religion. Famille de fin de race… Eh bien, qu'ils s'entretuent ! Moi, je prendrai la reine.

9

Je m'éveillai, vaseux et l'esprit embrouillé. *Antigone* était tombé sur le plancher. Je le poussai du pied sous le lit. Ma première pensée alla à Tessa. La seconde fut pour Gianni. Museau tendu, sa queue balayant la poussière, Lazare patientait derrière la porte de la cour. Ce matin-là, je puisai un réconfort particulier à le sentir frissonner sous mes caresses, à recevoir le cadeau de son œil jaune humide de reconnaissance. L'adoration inconditionnelle de cette bête avait la permanence et la clarté des phares. Les points fixes de ma vie étaient rares.

Ma mère avait glissé un message sous la cafetière encore chaude. “Partie faire la cueillette d'herbes. N'oublie pas César ! À ce soir.” Je bus ma tasse à petites gorgées jusqu'à ce que les dernières brumes matinales se soient évaporées sur les pics de l'Argentu et que la chaleur commence à faire onduler les lignes de crêtes. Le vrai grand amour d'Argentina était celui-là, le lieu où elle était venue au monde et où elle se sentait reliée à lui. J'y vis un cirque de solitude. De toutes les solitudes.

Le temps de me débarbouiller et je filai chez Fiorella que je trouvai en train d'étendre le linge. Gianni, je l'avais raté de peu, il s'était rendu chez le vieux Delezio pour ses travaux annuels de débroussaillage. “Grâce à Dieu, ça devrait l’occuper tout l’été ! Le baron pourrait même l’employer à plein temps maintenant que…” Fiorella ne finit pas sa phrase et me sourit. Pas une grimace, non, un vrai sourire qui défroissa son minois de souris fatiguée. Je réalisai soudain que la femme dans sa blouse informe avait peu ou prou le même âge que ma mère.

— Je suis passé hier soir, mais c’était fermé et il y avait des hommes. C’était qui ?

Fiorella lança un édredon par-dessus le fil. Ses muscles saillirent comme des couteaux sur ses bras maigres.

— On a eu beaucoup de visites.

— Je veux parler des deux qui gardaient la porte.

— Des cousins, marmonna-t-elle en saisissant sa bassine vide. Je dirai à Gianni que tu as demandé après lui.

Fiorella était redevenue grise. Je sus que je n’en tirerais rien. Lazare leva la tête vers moi. Il me suffit de prononcer “César” et il partit en éclaireur.

La minuscule bâtisse à un étage située sur les hauts d’Ogliano avait été celle de mon grand-père. Depuis six ans, elle était louée à César Baranti. Un après-midi de février, il s’était présenté à la sortie de l’école à la suite de l’annonce que ma mère avait fait paraître dans le journal. César me raconta plus tard en riant que pour entrer chez les carabiniers, il n’avait pas subi d’interrogatoire plus serré. “Pressé jusqu’à la moelle ! J’ai touché du doigt ce que c’était d’être du mauvais côté de la lampe.” Vingt ans sous l’uniforme avaient aiguisé son regard sur les choses et les gens, sans entamer une bonne humeur et un optimisme de fond, ni même sa foi. Pourtant, il aurait eu des motifs d'être amer. La blessure qui avait stoppé sa carrière à quarante ans lui avait coûté sa jambe droite, plus raide qu'un bois mort. Sur cet épisode, qui, où, comment, pourquoi, il ne s'épanchait pas, bien qu'il lui arrivât de distiller des anecdotes dont j'étais friand. César disait avoir tiré un trait sur ce pan de sa vie. Sa reconversion avait été radicale. Il pratiquait l'art des bijoux en filigrane, un savoir-faire auquel son père l'avait initié et qu'il avait continué d'exercer en dilettante durant ses années dans l'armée. "Le fil, je le tire, je le coupe, je le tords. Sur mon établi, je suis Dieu." Dans sa partie, il l'était. César travaillait dans la dentelle. Entre ses mains, il étirait l'or, l'argent… et le temps. Aucune pièce ne sortait de son atelier s'il ne l'estimait parfaite. Ses critères d'exigence étaient élevés. À la hauteur de sa réputation. Les bijoutiers qui se fournissaient chez lui s'armaient de patience.

À raison d'une à deux séances par mois, César m'avait transmis ses techniques de base. J'étais devenu assez adroit pour façonner des formes simples, telles que la fleur qui pendait entre les seins de Nina et dont il avait guidé la fabrication sans poser de questions. Il avait refusé que je lui paye le poids de l'argent ou que je le dédommage pour les heures qu'il m'avait consacrées. "Ne m'offense pas, Libero. Applique-toi plutôt sur les régularités de tes torsades. La qualité de ton travail sera mon salaire." Entre sa pension et ses revenus d'artisan, il aurait pu prétendre à un logement moins spartiate. "Deux pièces, c'est plus qu'il n'en faut. Pourquoi tu me demandes ? Vous voulez me chasser ?" Nous n'y pensions pas, bien au contraire. Il était de notre famille, un membre que nous aurions adopté. En vérité, j'avais peur qu'il ne reparte un soir d'hiver comme il était venu, et que ce que nous avions construit, notre amitié, notre complicité, ne déménagent avec lui. Je ne savais pas ce que c'était que d'avoir un père, il était ce qui se rapprochait le plus de l'idéal que je m'en faisais.

Lazare rongeait son os sous le tilleul, il avait aussi de solides raisons de s'être attaché à notre locataire. César m'attendait devant la porte ouverte de l'atelier qui, du temps de mon grand-père, avait servi de remise et de poulailler.

— Eh bien ! On dirait que tu as passé la nuit à boxer les draps ! Je lui ai dit et répété, à Argentina, que je pouvais le faire, et même que c'était pas pressé. Il pleuvra pas avant la Toussaint, mais tu connais ta mère…

Nous nous serrâmes la main avec un sourire entendu. De sa canne, il me désigna un tas de tuiles contre le mur.

— Tu devrais avoir assez. Il n'y a pas de gros dégâts. Je t'ai installé l'échelle à l'arrière.

Le dernier coup de *libeccio** avait arraché une branche du tilleul et endommagé la toiture qui datait de Mathusalem. César sur le toit, Argentina ne voulait pas en entendre parler. "Va avant qu'il ne fasse une bêtise. La jambe qu'il lui reste, il ne se la cassera pas chez moi."

J'étais donc perché à cinq mètres du sol et, tout en dégageant les premiers bris, je l'interrogeai. Car, contrairement à ma mère, César avait assisté à la messe. Il y avait même chanté.

* Vent violent qui souffle du sud-ouest.

— Cinq hommes, oui… Mais je ne peux pas te renseigner, Libero. Ils sont arrivés et repartis après les autres. Par la porte latérale. Ils sont restés dans la travée. J'étais loin et dans la pénombre… Au cimetière, j'y suis pas allé. Avec ma patte folle, il aurait fallu que je parte la veille.

— Ils n'ont pas communié ?

— Alors c'est ça qui t'a turlupiné toute la nuit ? se moqua-t-il. Tu t'inquiétais pour le salut de leur âme ?

— Arrête, César. Tu m'as compris.

— Non, ils ne sont pas venus prendre l'hostie, Libero. Va savoir, si c'était des énergumènes de l'acabit de Lenzani, ils ont eu peur qu'elle leur tombe des mains, comme à Mogoro*.

— Des sornettes, tout ça, César ! Des pécheurs qui se goinfrent d'hosties, il y en a plein la Curie, alors tu ne vas pas me dire…

— Bon ! Tu es venu réparer le toit ou faire le procès du Vatican ?

— Le toit, maugréai-je. Si ça se trouve, l'hostie, c'est le curé qui la leur a mise dans la bouche quand vous étiez tous dehors. Ça serait pas la première fois que…

— Je sais, je sais. Et Dieu aussi, il voit tout. Y compris dans sa maison. Pourquoi tu te tritures la cervelle pour ces types ?

J'aurais été en mal de le lui expliquer. Quand le chant des oiseaux s'éteint, on enregistre confusément un changement sans parvenir à déterminer

* À Mogoro, en Sardaigne, au sol de l'église de San Bernardino, on peut voir les empreintes qui auraient été laissées par deux hosties tombées des mains de deux pécheurs.

lequel, ou alors après et trop tard, une fois que la foudre a frappé.

Lorsque j'eus fini les réparations, il était l'heure de déjeuner et j'acceptai l'invitation de César à casser la croûte. Je lui tins compagnie une partie de l'après-midi. Nous la passâmes dans son atelier, lui à broder ses fils, moi à le regarder se prendre pour Dieu. Je songeai que si César avait eu droit à davantage que quelques centimètres carrés d'univers, Sophocle n'aurait pas trouvé matière à tragédie, il aurait écrit un traité sur la patience ou une histoire d'amour. Sur un rayonnage consacré aux "essais pratiques", je remarquai la naissance d'un nouveau gobe-mouche de la taille d'une noix. César reproduisait ce passereau en trois dimensions, avec l'ambition de restituer la légèreté de son vol par les jeux de vide et de lumière sur le métal. Le premier avait été exécuté à l'échelle réelle à l'aide de banals fils de fer. Ceux qui avaient suivi étaient plus petits. Toujours plus petits. L'oisillon d'argent que je tenais entre le pouce et l'index était d'une délicatesse stupéfiante.

— Tu y es, là, non ?

— Non, dit-il sans lever les yeux.

Je perçus dans sa réponse la même infinie tristesse que chaque fois. César aussi portait des secrets.

10

Les hommes avaient sorti vestes et chapeaux, les femmes leurs souliers et leur or, les cheveux des garçons étaient pommadés, ceux des fillettes enrubannés. Regroupés par tribus familiales, les villageois cheminaient d'un pas allègre. Sauf Ettore, revenu d'entre les morts, qui faisait le voyage en fauteuil roulant. Sa résurrection lui avait mis une chanson aux lèvres et il était rasé de près. Le flot remuant et joyeux de la foule ralentissait parfois au passage d'une voiture aux vitres teintées. Le vieux Delezio avait vu grand et loin. Bien au-delà d'Ogliano. Ce que la région comptait de personnalités avait été convié aux réjouissances. Près de quatre cents personnes franchirent les grilles à double battant du *palazzo* pour célébrer la réussite au baccalauréat de l'unique héritier du baron et son passage symbolique à l'âge adulte. Vêtu d'un pantalon neuf et de ma chemise blanche, j'en étais. Ce serait la dernière fête donnée à la Villa rose.

Elle ne fut jamais plus belle.

Les vingt-quatre fenêtres de la façade principale étaient illuminées et son crépi avait pris la brillance de l'aurore. Un orchestre jouait en sourdine sur la terrasse panoramique. Les escaliers latéraux sinuaient en pente douce vers les jardins sous les halos de lampions. De la lumière encore aux jeux d'eau des fontaines, aux naïades des bassins et dans les grands araucarias qui projetaient leurs ombres graphiques sur le gazon. Des lumignons sur les nappes immaculées de tablées longues comme un jour sans pain. Du pain et du vin, il y en avait profusion, comme du reste. Abondance de charcuteries, fromages, tourtes, beignets, pâtés… Le buffet était péché de gourmandise et cette gourmandise étirait les lèvres épaisses du baron qui fumait un cigare, accoudé à la balustrade. Un dieu bouffi de contentement observant le fourmillement de ses sujets depuis le balcon de l'Olympe. Vénus marchait vers lui. Moins de dix mètres nous séparaient. Le sang me battit aux tempes.

— Alors, ce serait vrai ce qu'on dit ?

Je me détachai à regret de l'apparition pour répondre à César.

— Hein ? Qu'est-ce qui serait vrai ?

— Delezio. On raconte qu'il veut se lancer en politique. Si c'est le cas, il a déjà fait le plein de voix. Il n'a pas regardé à la dépense…

— Le baron, représentant du peuple ? Tu parles d'une farce !

La colère me fit serrer les poings. Tessa à ses côtés, l'imposteur aurait pu prétendre aux plus hautes fonctions.

— Eh, mais fais-toi voir un peu… Tu es mis comme un Casanova, on va ramasser les cœurs à la petite cuillère !

Je lui tapai gentiment le torse pour masquer mon embarras. Lui aussi avait de la prestance dans son costume. Avec ses cheveux ras et cendrés, ses yeux clairs et souriants, César ne manquait pas de charme.

Une pitié que ma mère soit la seule célibataire des environs à y être restée insensible.

— L'aveugle qui se moque du borgne ! Pour quelqu'un qui ne devait pas venir… Qu'est-ce qui t'a fait changer d'avis ?

— Curiosité professionnelle. S'il y a des femmes, il y a des bijoux. Je suis venu espionner la concurrence.

Puis il se racla la gorge. César mentait mal.

— Ma mère n'avait qu'à se déplacer si elle voulait me surveiller.

— Allons, allons, qu'est-ce que tu vas chercher, Libero ? Et si on se trouvait une place pour boire et manger ?

J'acquiesçai, mais ne décollai pas du pied des escaliers. Après un bref coup d'œil en direction de la terrasse, César s'en alla en clopinant vers les tables.

Dire qu'elle était belle ne lui aurait pas rendu hommage.

Les éclairages allumaient des flammes dans sa chevelure et sa robe bleu de Prusse exaltait son teint crémeux. Une robe que je crus sage jusqu'au moment où elle pivota. Son dos nu provoqua en moi un brusque accès de chaleur. La grosse patte velue du baron sur le bas de ses reins me mit au supplice. La main flatta la croupe. Une main de propriétaire, un cul de pouliche. Docile, Tessa entama la descente des marches. J'étais sur son chemin, les yeux brûlés, transformé en statue de sel.

Elle nageait dans mes rêves, dormait dans mes draps. Un an que je lui faisais l'amour. Elle pila devant moi et je cessai de penser.

— Libero !

Elle se souvenait de mon prénom.

Tandis que je déposais un baiser sur sa joue tendue, je me vis l'embrasser à pleine bouche. Ses lèvres étaient mouillées, son parfum capiteux.

— Je suis contente que tu sois venu ! On se disait "tu", l'année dernière, non ? Et puis le "vous" m'ennuie, on va le laisser aux vieux, qu'est-ce que tu en penses ?

Ma voix s'enroua.

— Tout ce que tu veux.

Elle rit.

— Du vin pour commencer. Rouge. Toi aussi ?

Oui, moi aussi. Elle héla Martha qui slalomait entre les invités, plateau vissé à l'avant-bras.

Je saisis deux verres et lui tendis le sien. Elle le leva en me fixant.

— À Raffaele !

— À Raffaele ! Et à toi !

Elle but et elle ne fit pas semblant. La moitié de son verre y passa. Sa langue pointa et ses yeux de chatte se plissèrent de satisfaction. Ma gorge était de sable, j'avais avalé un désert. Je vidai le mien d'une traite. Elle m'adressa ce sourire et ce regard que je connaissais par cœur. Sa bague de corail frôla sa joue, elle souleva une mèche de ses cheveux.

— Cet été, il faudra que tu me fasses faire la visite de l'Argentu. D'après Raffaele, personne ne le connaît mieux que toi.

— Quand tu veux.

Elle me serra le poignet.

Je posai ma main sur la sienne.

Un signe de plus et je la prenais par la main pour l'emmener. Où, je n'en avais pas la moindre idée. Je n'en étais pas au stade de la réflexion. Sur un carré de pelouse, ailleurs. Loin.

x Delezio s'approcha d'un pas rapide en Raffaele. Il me salua de manière expédi- sans laisser à son fils le temps d'ouvrir la , m'enleva Tessa pour accueillir le sénateur épouse.

ns le coup d'œil que Tessa m'adressa avant de volte-face, je crus lire une invite. Elle n'eut pas asion de la formuler. Tout au moins, pas dans circonstances.

11

Après le départ de Tessa et un temps que je fus incapable de mesurer, le tumulte ambiant m'assaillit avec la fureur des orages sur l'Argentu. Je fus soudain cerné de bouches qui mastiquaient et vociféraient, agressé par la voix nasillarde de l'accordéon et le raclement des couverts sur les assiettes. La scène m'apparut comme un paysage lavé par la pluie, angles à vif et couleurs crues. Le vieux Delezio pérorait en papillonnant de groupe en groupe et de table en table. Tessa, dans son sillage, prenait la pose, aimable, mais ses énigmatiques yeux de jade bâillaient d'ennui. Raffaele endurait l'épreuve tête baissée. Le baron, lui, mouillait littéralement la chemise. Ses aisselles étaient maculées d'auréoles. Poignées de main appuyées aux hommes d'influence, tapes condescendantes sur l'épaule des subalternes, baisemains et compliments aux femmes de ceux qui comptaient, courbettes distantes aux moitiés des obscurs. L'animal ne commit pas d'erreur d'appréciation. Je pouvais l'entendre évaluer mentalement les forces en présence et calculer ses soutiens en vue de ses futures campagnes. Le baron jouait la comédie avec un art consommé. D'autres que lui étaient rompus à l'exercice.

Je vis l'épouse du notaire étudier l'inclinaison de sa main afin de placer son diamant dans la lumière et celle du maire tordre la bouche en constatant que le sien était plus petit. J'observai la veuve Marchesi dégrafer deux boutons de son décolleté puis faire affluer le rose à ses joues d'un pincement énergique avant de fondre sur César en singeant la surprise. Je remarquai un journalier empaqueter de la nourriture dans sa serviette et l'épicier, qui pourtant ne manquait de rien, subtiliser une louche de service. Je suivis le regard du curé qui soupesait les poitrines de ses brebis les plus grasses et surpris les griffes du bedeau s'attardant sur la nuque d'un agneau. Les rares à m'apparaître sans masque furent les enfants qui se coursaient en poussant des piaillements d'étourneaux et Ettore qui, faute de dents, tétait la crème d'un chou avec une extase inimitable.

J'eus l'impression d'assister à un monstrueux carnaval. Ces sentiments de distanciation et d'extériorité m'étaient familiers. Ma main chercha la tête de Lazare et ne rencontra que le vide. Je tanguai, étourdi, au beau milieu du passage. Si la vie n'était que tricheries et faux-semblants, si elle n'avait à offrir que d'éphémères moments de grâce, alors le bonheur n'était qu'une escroquerie de plus. L'amour un jeu de dupes. À dix-huit ans, j'avais désespérément besoin de croire le contraire. Sinon, à quoi bon Tessa ?

Je quittai la foule à reculons, vers la roseraie de l'ex-baronne, la mère de Raffaele. Là, je m'installai sur un banc. Le nez dans les arômes de miel et de fruits jaunes, je réfléchissais à la manière d'aborder Tessa dès que le vieux Delezio l'aurait libérée de ses corvées d'hôtesse. Je dus fermer les yeux et rêver quelques secondes. Quand je les rouvris, Raffaele se tenait devant moi.

— Je ne voulais pas te déranger.

Raté. Ce type devait marcher sans toucher terre. Peut-être n'était-il plus tout à fait de cette galaxie. Une fois n'est pas coutume, *Antigone* était rangé dans sa poche. Il tenait une bouteille qu'il me tendit.

— C'est ici que je viens quand je veux être au calme. Il m'arrive même de dormir sur ce banc.

Je bus au goulot.

— Je suis désolé pour mon père, tout à l'heure. La manière dont il t'a interrompu…

— Un vin d'honneur, hein ? Il doit être sacrément fier de toi.

Il but à son tour une longue rasade.

— C'est ce qu'il m'avait dit, lâcha-t-il d'un ton désabusé. Toute cette mascarade n'est pas pour moi. Mon père ne fait rien pour les autres s'il n'y trouve pas un intérêt personnel.

Cela, je voulus bien le croire.

— Je pensais que tu serais venu avec Gianni. Vous êtes amis, non ?

Nous *étions* amis, rectifiai-je en moi-même. Gianni, je ne l'avais pas revu depuis l'enterrement de son oncle. Chaque fois que je m'étais pointé chez Fiorella, j'avais fait chou blanc. "Il se repose", "sorti faire un tour", m'avait servi Fiorella de sa voix aigrelette. J'en étais presque venu à croire qu'il m'évitait. Le matin même, j'avais fait le déplacement jusqu'à la planche où il effectuait ses travaux de démaquisage pour le baron. Je n'y avais trouvé que "le Muet", un gars d'une vingtaine d'années qui s'exprimait au compte-goutte et une fois toutes les morts de pape. À force de persévérance, j'avais fini par apprendre que Gianni l'avait embauché pour une dizaine de jours. Pourquoi ? "Un boulot ailleurs", voilà tout ce que j'avais pu lui soutirer. Je supposais qu'il s'agissait d'un engagement pris du vivant de Lenzani et l'idée ne me plaisait guère.

— "Le bon et le méchant ont un droit égal", dis-je sur le ton de la plaisanterie. Devant l'expression interrogative de Raffaele, je poursuivis. Les usages… La période de deuil est la même pour Lenzani que pour un honnête homme.

Raffaele rit avec une fraîcheur spontanée et un peu surprise, comme s'il venait de découvrir la joie. Je n'avais jamais entendu rire quelqu'un de cette façon. Sauf les enfants.

— Des conventions à l'hypocrisie, la nuance est subtile. Moi, elle me passe au-dessus… Mais tu as vu juste. Lenzani aussi a droit à sa sépulture…

Tout aussi vite que son rire avait jailli, Raffaele se rembrunit.

— Tout ce théâtre me fatigue.

La bouteille fit plusieurs allers-retours dans un silence complice. Puis Raffaele me demanda quels étaient mes projets pour l'année prochaine, après mon baccalauréat. Hormis celui de me transporter aux antipodes d'Ogliano, ils étaient vagues. Des études scientifiques… Il voulut connaître mes motivations. Après réflexion, je lui répondis que les sciences ne toléraient ni l'à-peu-près ni la triche. C'était juste ou faux. Il parut apprécier ma réponse.

— Et toi ? J'imagine que tu es déjà admis dans une université ?

J'étais même certain qu'il avait ses entrées dans l'une des plus prestigieuses. Le baron n'aurait pas permis que son fils fût inscrit dans un établissement de seconde zone.

— Oui, je veux faire du droit.

Je le voyais banquier, avocat d'affaires ou fiscaliste. La fortune des Delezio aurait suffi à faire vivre une armada de juristes.

— Quel genre de droit ?

Son buste, sa nuque se redressèrent tandis qu'il dégageait les cheveux de son visage en se tournant vers moi. De la mue transparente et tendre du garçon évanescent que je croyais connaître, surgit un Raffaele présent au monde, vibrant d'une colère à peine domestiquée.

— Celui qui met les tricheurs et les assassins en prison.

Je lus dans ses yeux verts la résolution d'Antigone.

12

Un peu avant minuit, un hurlement suraigu monta au ciel. Un cri à scier les ailes des anges. L'orchestre s'arrêta de jouer, les mandibules de mâcher, les oreilles se tendirent. La plainte provenait de l'arrière de la Villa rose. Plus exactement de la petite chapelle située en limite de propriété. L'on y trouva la veuve Marchesi, les doigts soudés au heurtoir de la porte, en état de transe. Ses lèvres s'ouvraient et se fermaient sur des sons inarticulés. À l'œil, le médecin diagnostiqua une attaque cérébrale. Le curé, un cas de possession. Ils étaient dans l'erreur. Le choc passé, la veuve Marchesi se porta comme un charme. Mais pour Herminia qui avait été la cause de son attaque, c'était fini.

Avec Raffaele, nous fûmes parmi les premiers à parvenir sur les lieux. La pauvre Herminia gisait sur le dallage en damier, les fleurs à sa tempe avaient rougi. Du sang maculait l'arête en marbre de l'autel et des cheveux gris y étaient collés. Une fois qu'elle eut recouvré ses esprits, la veuve Marchesi expliqua qu'elle avait éprouvé le besoin de dire une prière pour appeler les grâces du Seigneur sur Raffaele et honorer la mémoire de son frère, Gabriele. Raffaele blêmit. Imperturbable, le vieux Delezio décréta qu'Herminia avait eu un malaise et s'était cognée en tombant. Sans avoir procédé à un quelconque examen, le médecin opina. Le seul qui aurait eu légitimité à le contredire ou tout au moins à exiger une exploration plus approfondie, à savoir César, arriva après la bataille. Le corps avait été recouvert, la porte de la chapelle fermée à clé, et l'assistance se dispersait sous la houlette du baron. Vivante, la Folle les avait laissés indifférents, sa mort ne leur fit ni chaud ni froid. Qu'elle revêtît quelque caractère d'étrangeté, à commencer par les raisons de sa présence dans l'oratoire des Delezio, ne perturba personne. Après tout, les toqués n'obéissaient qu'à la logique de leur démence… Ce qui les contrariait, dans le fond, était qu'Herminia ait rendu l'âme au mauvais endroit et au mauvais moment, abrégeant ainsi une soirée mémorable. Le silence et des pétales éclaboussés de sang, ainsi se termina la fête à la Villa rose.

Après m'avoir étreint avec force, Raffaele était reparti vers la roseraie, son livre ouvert à la main. Tessa avait été de nouveau entraînée par le baron dans le manège des salutations de départ. J'étais retourné à l'école pour délivrer Lazare, consigné dans la cour, puis nous avions filé. Dormir, je ne l'envisageais pas, ou alors à la belle étoile et dans le champ d'Herminia. Tout à sa liberté retrouvée, Lazare se roulait dans les herbes sèches en provoquant un raffut de tous les diables. "Les oliviers de Vitalio ? Plutôt les donner au démon !" La réplique d'Herminia au vieux Delezio me trottait dans la tête. Je n'avais pas le souvenir d'avoir vu des oliviers sur ce bout de terrain et le prénom de Vitalio ne m'évoquait rien.

Le grand-père du baron, pour moi, c'était de la préhistoire. Apparemment, les braises du ressentiment d'Herminia étaient chaudes. J'avais croisé son regard un jour qu'elle se soulageait en public, il n'était pas obscurci par la folie mais éclairé d'une colère qui n'avait pas pris une ride. Je l'aimais bien, cette vieille fêlée qui n'avait jamais fait de mal à personne. S'il existait un "ailleurs" ou un "là-haut", je lui souhaitai d'y trouver la paix et les oliviers de Vitalio. Et quand l'envie de pisser sur Ogliano lui prendrait, surtout qu'elle ne se gêne pas. En tout cas, elle avait réussi sa sortie en beauté. Que quelqu'un ait pu l'y aider, l'idée était tentante mais somme toute peu vraisemblable. Aussi détestable que fût le baron, il n'aurait pas commandité l'assassinat d'une quasi-centenaire pour moins d'un hectare de terre caillouteuse. À qui pouvait profiter la disparition d'une personne dont l'existence n'avait pas compté ? Non, vraiment, je ne voyais pas. Parce que je ne me posais pas la bonne question. Parce que je ne considérais que la pelure des apparences. Même si je n'avais pas été si aveuglé, il était trop tard. La suite était déjà en marche. Depuis bien longtemps.

Une à une les lumières du Palazzo Delezio s'éteignirent. D'abord celles des jardins, puis du rez-de-chaussée, et enfin des étages. Dans l'aile ouest, je repérai une lueur rescapée. J'imaginai Raffaele en prise avec les protagonistes d'*Antigone*, à moins que ce ne fût avec ses propres fantômes. Ce soir plus que tout autre, l'absence de son jumeau devait lui être cruelle. La façon dont il m'avait serré dans ses bras m'avait remué, me laissant l'impression d'une solitude exacerbée qui avait fait miroir à la mienne.

Avec tous ces événements, je ne savais toujours pas dans quelle chambre rêvait Vénus ni quand je la reverrais. La rémanence du contact de ses doigts sur mon poignet me brûlait… L'image du semis de taches de rousseur sur la peau de son dos me mit des fourmis dans les doigts. Je me promis de les compter comme on compte les étoiles, d'y baptiser des constellations du bout de la langue. Demain. Non, aujourd'hui déjà. Très vite… Le village replongea dans le noir. Compacté par l'obscurité, il avait rétréci. Sous l'immensité du ciel et l'étouffoir des montagnes, Ogliano me parut insignifiant. Un îlot perdu et oublié. Je calai ma tête sur le flanc de Lazare et, bercé par ses soupirs d'aise, je m'endormis.

Peu avant l'aube, les trilles impatients des oiseaux me tirèrent du sommeil. Le temps de m'étirer et j'étais sur pied. Dans moins d'une heure, le bleu marine du ciel rosirait et les habitants d'Ogliano sacrifieraient aux mêmes rituels que la veille, que cent ans plus tôt. Ce matin-là, mon grand-père me manqua. Son aptitude à la joie avait survécu au deuil et à l'usure. J'aurais aimé voir le monde comme lui et m'émerveiller du recommencement des belles choses. Mais non. Tout se répétait à l'identique. Les petits grains de sucre ne suffisaient pas à remplir le sac d'une vie et finissaient par se dissoudre dans l'amer. Je voulais plus que ces miettes.

En m'époussetant, je me tournai vers le massif de l'Argentu. À trois cents mètres à vol d'oiseau de ma position, deux cavaliers empruntaient le sentier escarpé menant vers le premier col. Deux ombres chinoises difficilement identifiables. Mais la stature des animaux… Des bêtes aussi hautes de garrot, il n'en existait pas trente-six dans la région. "Plus grandes que des chevaux", se vantait Lenzani. J'aurais parié ma chemise que la mule qui souriait conduisait cette caravane nocturne. La forme jetée en travers de son dos, entre l'encolure et le cavalier, suggérait un bien étrange chargement. Le convoi ne possédait qu'une demi-heure d'avance sur moi. Je décidai d'en avoir le cœur net.

13

LE BARON DELEZIO

À vous, je peux l'avouer, mon père, quand j'ai vu cette vieille folle étalée sur le carrelage, j'ai eu comme un vertige. Par chance, mon malaise est passé inaperçu. C'est l'une des toutes premières choses que l'on enseigne aux hommes de ma condition : préserver les apparences et sauver la face. J'ai été à bonne école. Les gens présupposent tout un tas d'imbécillités à propos de nous autres qui portons un titre. Certains, figurez-vous, nous haïssent pour le simple fait d'être nés ce que nous sommes. Mais enfin, pensent-ils que nous l'ayons choisi ? Je vous garantis que s'ils avaient connaissance de l'ensemble des obligations qui nous échoient, beaucoup reverraient leur position. Je ne nie pas qu'il n'y ait pas quelques avantages, qui sont essentiellement matériels. Peut-être de prestige, quoique sur ce point, les choses ne sont plus ce qu'elles étaient… Non, non, mon père, je vous le certifie : notre aura s'est ternie et je crains que la tendance n'aille en se dégradant… Bref, je ne dis pas non plus que j'aurais aimé garder des chèvres ou faire pousser de la vigne, du reste j'en aurais été incapable. J'ai bien conscience qu'il existe des activités extrêmement pénibles, je ne vis pas coupé des réalités du monde. Mais du pénible, j'en ai plus que mon lot. À commencer par le sacerdoce du nom des Delezio dont il s'agit de perpétuer la grandeur, sans que rien ne vienne l'entacher. Et ce fardeau, mon père, vous n'avez pas idée à quel point il me pèse…

Je revois feu le baron mon père, le soir où il m'a convoqué dans l'oratoire. Je venais de fêter mes vingt et un ans. Il a commencé par me demander si j'étais encore puceau. Allons, allons, pas de gêne entre nous, mon père. La confession est le seul moment où je me sens libre de dire les choses, permettez-moi de vous rendre la politesse. Vous êtes au fait des petits plaisirs de la vie, je le sais, vous savez que je le sais, alors épargnons-nous les simagrées usuelles. De cela aussi, j'en ai plus que ma part. Je disais… Oui, mon père donc s'inquiétait de l'état de ma virilité, point sur lequel je l'ai rassuré. De ce côté, j'ai été précoce… Le voilà donc qui prend un ton plus solennel pour m'annoncer que le moment est venu pour moi de recevoir la leçon la plus cruciale de toutes en tant qu'héritier de la baronnie. "Fabrizio, tu dois comprendre que notre nom nous dépasse et qu'il nous oblige. Cela implique deux choses. La première est qu'un Delezio doit élever sa conduite au rang de son titre. La seconde est que s'il venait à démériter, personne ne devrait le savoir." Là-dessus, il s'agenouille, sort un burin et un petit marteau de sa poche et commence à desceller une dalle. Je vous laisse imaginer ma perplexité. Et ma stupéfaction lorsqu'il l'a soulevée pour me permettre de voir ce qu'il y avait dessous. Un crâne ! Je veux dire un crâne humain !

"Cela, Fabrizio, c'est la faute de ton grand-père. Il me l'a avouée dans des circonstances identiques à celles qui nous réunissent aujourd'hui, en me faisant promettre d'en garder le secret." Mon père m'a conté l'histoire comme le sien la lui avait transmise. C'est ainsi que j'ai appris que mon aïeul s'était entiché d'une fille de ferme, au point de perdre la raison et de la forcer

quelques jours avant ses noces. Les choses se sont aggravées quand son fiancé, un certain Vitalio, s'est présenté pour réclamer vengeance et laver l'honneur de sa promise. C'est ce pauvre bougre qui se trouve dans la chapelle, mon père... Alors quand j'ai reconnu la "fiancée", j'ai aussitôt craint qu'elle n'ait fini par retrouver celui qu'elle n'avait cessé de chercher...

Voilà, mon père, voilà ce que j'endure depuis que je suis baron. Et cette charge, je devrai la transmettre à Raffaele. Si mon regretté Gabriele avait encore été de ce monde, c'est tout de même sur Raffaele que mon choix se serait porté. Gabriele était un être trop sensible, il tirait du côté de sa mère, paix à leurs âmes. Raffaele est d'une autre trempe. Il tient des Delezio et il fera un bon baron. Enfin... Je l'espère.

Maintenant, mon père, sachant cela, est-ce que vous diriez que naître Delezio est une bénédiction ? À votre silence, je vois que j'ai affaire à un homme de sagesse... Je vais aller plus loin : si je n'avais pas été dans la situation qui est la mienne avec les responsabilités qui m'incombent, j'aurais pu avoir quelque affection pour mes semblables. Pourquoi donc ? Je suis surpris que vous me le demandiez, vous qui êtes si souvent confronté au péché... Eh bien je vais vous confier ma désillusion la plus cruelle : parce que tout le monde a un prix. Savez-vous comment mon grand-père s'est assuré de ne pas être inquiété pour la disparition de ce Vitalio ? En augmentant les appointements de ses employés et en redistribuant ses bonnes œuvres au reste de la population. En consultant les archives familiales, je pourrais vous donner le montant précis du silence d'Ogliano. Ce que vaut la vie d'un homme...

J'avais perdu mon pucelage, mais il me restait un peu de naïveté. Elle a été déflorée dans cette chapelle, mon père. J'ai bien retenu la leçon. Je me suis attaché à préserver le nom des Delezio. J'ai fait ce qu'il fallait pour cela. Oui, mon père, moi aussi, j'ai commis des erreurs et je les regrette, mais je ne permettrai pas que mes péchés éclaboussent notre blason. Je me suis également efforcé de faire fructifier l'héritage des Delezio, car l'argent, c'est le nerf de la guerre, n'est-ce pas ? Oh ! pas de fausse pudeur entre nous ! Dois-je vous rappeler le montant de mon dernier chèque pour les réparations de l'église ? Bien, je vois que nous nous comprenons. Et épargnez-moi toutes ces fadaises au sujet des riches et des pauvres… L'on voudrait nous faire croire que les riches auraient tous les vices et les pauvres, toutes les vertus ? Mais mon père, ce qui distingue un riche d'un pauvre, c'est tout au plus quelques générations. Ceux qui nous montrent du doigt aujourd'hui n'aspirent qu'à ravir notre place. Et croyez-vous qu'une fois leurs aises prises, ils redistribueront les richesses ? Fariboles ! Prenez l'exemple de ces bergers de Silano. Hier, ces bandits en guenilles rackettaient, tuaient et kidnappaient, et aujourd'hui, ils ont pignon sur rue. Dans cent ans, ils seront les nouveaux barons. Croyez-vous que les gens auront gagné au change ? Quelle ineptie ! Les hommes sont tous coulés dans le même moule, ce qui les différencie au départ n'est qu'un jeu de hasard, une combinaison d'opportunités plus ou moins heureuses. Mais dans le fond et pour ce qui est des questions de moralité, nous sommes tous logés à la même enseigne…

Dans quelques mois, mon père, il me faudra à mon tour appeler Raffaele dans cette chapelle et la pensée me répugne par avance. Mais le moyen de faire autrement ? Si l'on m'avait donné le choix, je vous l'assure en toute honnêteté, je n'aurais pas signé. Je dilapide mon temps à recevoir des experts financiers, à écouter des flatteurs et des poseurs, à souffrir d'interminables réunions... Et à présent, la politique, car il faut bien s'y frotter, sinon, comment espérer développer mes affaires ? Au milieu de tous ces pensums, quelques chasses, quelques cigares... J'ai moins de goût aux plaisirs de la table. Quant à ceux de la chair, tant d'efforts et de contorsions pour une jouissance si éphémère... Plus je m'approche de la fin, mon père, plus l'existence me déprime. Mon rêve, quand j'avais l'âge de Raffaele, était de m'engager dans la marine et de faire le tour du monde. J'avais la passion de l'ornithologie. J'aurais pu, qui sait ? donner le nom des Delezio à une nouvelle espèce d'oiseau découverte sur une île exotique...

Ah ! Passé la cinquantaine, mon père, on fait le compte des années qui restent et le bilan de celles qui sont enfuies. Mon bilan personnel n'est pas glorieux. Je n'ai pu m'adonner à ce que j'aimais. Je n'ai pas su me faire aimer de la seule femme qui ait jamais fait battre mon cœur. L'ironie de la chose, c'est qu'elle n'a pas voulu de moi parce que j'étais baron, qu'elle aurait pu m'aimer si j'avais été simple berger. C'est triste, voyez-vous. Mais en même temps, c'est là, sans doute, une ultime consolation. Une consolation bien amère, je vous l'accorde. Tout à l'heure, je vous disais que tout le monde a un prix. J'aurais pu ajouter que les femmes ont une fâcheuse tendance à se brader. Toute règle, cependant, comporte des exceptions. Elles sont hélas si rares... Bien, finissons-en. Pardonnez-moi, mon père, parce que j'ai péché et pardonnez-moi parce que je serai encore amené à le faire. Amen.

14

Au franchissement du deuxième col, le soleil s'était levé et Ogliano n'était plus qu'une tache dans la vallée. J'avais gagné du terrain sur les cavaliers qui m'apparaissaient à la faveur des coudes et des trouées de l'itinéraire. La mule noir pangaré de tête était bien celle qui avait souri à la mort de Lenzani. Deux à trois kilomètres nous séparaient et j'avais cessé de forcer l'allure. Mon objectif était de les pister jusqu'à leur destination sans me faire repérer. L'ensemble montagneux de l'Argentu constituait une étendue sauvage filée de quatre routes principales reliant les vallées aux points cardinaux. Une multitude de voies oubliées et de boucles secrètes louvoyaient entre les contreforts, s'enfonçaient dans d'anciennes rouvraies et piquaient dans des canyons pour repartir plus haut à flanc de montagne. Toujours plus haut. Un poursuivant moins expérimenté les aurait perdus. Mais je savais où les chercher et j'avais pour moi Lazare. Sa fourrure bringée hérissée par l'excitation de la chasse lui donnait l'allure peu engageante d'une hyène. Lorsqu'il prenait le vent, son poitrail se gonflait sur ses pattes raidies et son souffle fusait dans un grondement de basse. La trace ravivait de vieilles souffrances et une hargne neuve.

Durant la montée ressurgirent des souvenirs de randonnées en compagnie de mon grand-père. Jusqu'à sa mort et mes quinze ans, j'avais reçu ses enseignements en marchant à ses côtés. S'il savait tout juste lire et écrire, sa science du territoire était inégalée. "D'Argentu, il y en a toujours eu deux, Libero", m'avait-il confié un soir de printemps. À l'occident, le royaume des bergers, fait de paysages vallonnés où les prairies et quelques vergers bornés de murets avaient été durement repris à la forêt et aux bêtes sauvages. À l'orient, accidenté et abrupt, le domaine de ceux qui n'obéissaient à d'autres lois que les leurs. La Fiumara, qui prenait sa source sur le plateau des Fées, délimitait une ligne de partage. Il aurait été simpliste d'en conclure à une démarcation entre le bien et le mal. Pour une clôture détruite ou la possession d'un point d'eau, on tuait et on mourait à l'ouest. Les "bandits" qui se terraient à l'est ne vivaient pas tous de rapines ou de brigandage. Parmi ceux qui avaient pris le maquis pour fuir ou réparer une injustice, certains, même s'ils étaient rares, avaient conservé le sens de l'honneur. "Le vrai", disait mon grand-père. Dans sa bouche cela avait à voir avec ce qui était juste ou ne l'était pas suivant une maxime élémentaire qui, selon lui, aurait dû guider le cœur de tous les hommes : "Ne fais pas aux autres ce que tu n'aimerais pas qu'ils te fassent." J'étais convaincu que ce précepte ne pesait pas lourd face à l'instinct de survie. Surtout dans l'Argentu. La coexistence entre ces modes de vie opposés, bien qu'émaillée d'escarmouches, tenait bon gré mal gré, grâce à deux principes fondamentaux. Le premier exigeait l'hospitalité. On devait protection à qui demandait asile, fût-il poursuivi par une armée de carabiniers. On ne refusait pas la nourriture et l'eau à qui frappait à sa porte, même en pleine nuit et aussi pauvre fût la table. Le second intimait de fermer les yeux et de se taire, quoi qu'on voie ou qu'on entende. Quand l'un de ces commandements était violé, le sang et les larmes coulaient. Les malheurs des démunis et des désarmés auraient grossi des rivières. Famille, appuis, argent, fusils, peu importaient les armes : à l'ouest comme à l'est, la raison du plus fort prévalait toujours. Moi, j'avais adopté la philosophie de mon grand-père. Je ne me sentais pas lié par ces règles sans discernement et d'un autre âge. Voilà pourquoi j'étais en train de les enfreindre.

Nous avions passé la Fiumara à gué et grimpions plein est par un sentier aussi étroit qu'un cul de vache. Pour un étranger, difficile de se figurer que l'esquisse au sol qui serpentait entre les arbustes indiquât un passage. Trois heures que Lazare et moi suivions la caravane. Je supposais qu'elle était menée par Gianni. Cette forme, je pensais bien sûr à un corps. Mort ? Vivant ? Je redoutais la première hypothèse en espérant la seconde. Si, comme je le craignais, Gianni s'était laissé entraîner sur une mauvaise pente, il n'était pas trop tard pour le ramener sur le droit chemin. J'étais naïf. Inconscient et idéaliste. Curieux. Peut-être est-ce la définition de la jeunesse. Toujours est-il que j'allais sans me soucier du "où" ni du "quand". Avant de m'engager dans cette ascension, j'avais effectué une halte chez moi pour enfiler des chaussures de marche et fourrer un pain et du fromage dans mon sac à dos. Un mot laissé sur la table informait ma mère d'une "promenade" dans l'Argentu. Le couteau en corne de chèvre de mon grand-père, ma gourde, de la corde, une torche, un pull-over et une parka en cas de coup de froid, j'étais paré.

Peu avant l'intersection vers le pic du Moine, Lazare marqua l'arrêt au pied d'un houx et se mit à gémir avec une agitation croissante. Après plusieurs allers-retours entre moi et sa trouvaille, il s'assit et son œil jaune me fixa dans l'attente d'une récompense. Je crus qu'il avait débusqué un terrier de lièvre ou de renard. Depuis une trentaine de minutes, j'avais perdu le contact visuel avec ma cible. Si Lazare avait changé d'objectif entre-temps, notre excursion risquait de tourner court. Puis je vis la forme que Lazare poussait du bout de son museau. Une boule de papier. Je la dépliai. La page de garde d'*Antigone* était tachée de sang. Je savais maintenant qui était couché en travers de la mule. Deux cents mètres en amont, je trouvai une nouvelle feuille. Raffaele était blessé mais vivant et il semait ses cailloux blancs. Les événements qui s'étaient produits depuis l'enterrement de Lenzani et le comportement fuyant de Gianni firent sens. Mon ami d'enfance avait enlevé le fils du baron et ne le rendrait qu'en échange d'une rançon. C'était ainsi que les Carboni s'étaient fait connaître, grâce à ce "commerce" qu'ils avaient posé les premières pierres de leur empire. L'idée de redescendre sur Ogliano pour alerter César me traversa l'esprit. Je la rejetai vite. Le temps nécessaire à l'aller-retour, Raffaele serait devenu introuvable et j'avais l'espoir de parvenir à raisonner Gianni avant que cette folie ne vire au drame. Sans crier gare, Lazare se catapulta dans la végétation en aboyant comme le chien des enfers. J'entendis une détonation avant de sombrer dans le noir.

15

— Putain, Gianni ! On peut pas se le coltiner !

— On l'emmène, je te dis. Et puis tais-toi. J'ai besoin de réfléchir.

— Réfléchir ? Mais c'est tout réfléchi, putain ! Et le chien, tu l'as eu au moins ?

— Je l'ai touché. Il va aller crever quelque part.

— Bon. Celui-là, on le jette dans les gorges. Au premier orage, la Fiumara le portera jusqu'en bas et tout le monde croira à un accident.

— Boucle-la, Luca, tu sais pas de quoi tu parles.

— Je sais pas, hein ? Il n'y a plus d'ami qui tienne, Gianni. Il nous a suivis. Ce merdeux est cul et chemise avec le carabinier qui fait des bijoux. Quand on aura fini nos affaires, il faudra quand même s'en débarrasser. Comme l'autre.

— Ferme ta putain de gueule !

— Si je veux ! Je sais pas, mon cul ! Ce que je sais, c'est que si t'avais pas les couilles, fallait pas venir me chercher !

Le choc sourd des corps et le rut des souffles sciés en plein élan, j'entendis deux taureaux en train de se charger. J'étais couché sur le côté, la joue dans les feuilles sèches, chevilles et poignets entravés, tournant le dos au combat, espérant que Gianni aurait le dessus, sans

quoi, je ne donnais pas cher de ma peau. Mon arcade sourcilière pissait le sang. Je ne pouvais voir que d'un œil et au ras du sol. De l'humus et des troncs d'arbre. Le sol vibrait sous la violence des heurts. L'image de Lazare en train d'agoniser dans un fourré m'arracha un hoquet de rage. Un goût de bile et de fer sur mes lèvres. Je roulai sur moi-même. Gianni était aux prises avec un type plus grand dont les poings battaient l'air et qui se cassa en deux après un coup vicieux porté dans les côtes. Gianni se jeta sur lui et lui écrasa le crâne au sol en l'enfourchant. Il arma le bras et lui décocha un crochet dans la mâchoire. Méthodique. Puis un second. Il s'appliquait.

— J'ai pas les couilles, hein ?

L'autre se mit à geindre.

— Je voulais pas…

Un direct, cette fois. Dans le nez. L'os craqua. Luca hurla. Gianni lui fourra une poignée de terre dans la bouche.

— Tu m'écoutes bien, fils de pute, parce que je vais pas répéter. Le chef ici, c'est moi. Ce que tu penses, ce que tu sais, j'en ai rien à foutre. Tu t'occupes d'obéir et tu ne l'ouvres plus sauf si je t'en donne l'autorisation. Au prochain écart, je te fais mâcher tes couilles. Compris ?

Luca opina, toussant et crachant une gadoue rougeâtre et morveuse. Gianni lui releva la tête par les cheveux et lui assena une claque entre les omoplates. Un sourire sardonique lui déformait les traits.

— Bien. Remonte chercher les bêtes et ne traîne pas.

Il y avait eu un Luca, la première année au collège, un bagarreur qui s'était fait renvoyer après avoir rossé un élève. Le visage tuméfié, terreux, et après tant d'années, je n'aurais pu certifier qu'il s'agissait de la même teigne. Son regard larmoyant était aussi pitoyable que celui de Lazare le jour où je l'avais libéré. Ce Luca-là avait été maté. La tache humide entre ses jambes témoignait qu'il avait pris la menace au sérieux. Je n'étais plus certain qu'il y eût matière à s'en réjouir. La manière froide et mécanique dont Gianni l'avait cogné, comme s'il avait débité un billot de bois, m'avait estomaqué. Je doutai qu'il fût possible de lui faire entendre raison. Du reste, je n'avais plus envie de le sauver de lui-même après qu'il avait tiré sur Lazare. Décidément, Lenzani refusait de mourir. Je venais d'en voir une version rajeunie et vigoureuse. Plus dangereuse que l'original.

Gianni s'accroupit au-dessus de moi. L'odeur âcre de sa sueur mêlée à celle de sa monture me fit l'effet d'une giclée d'ammoniaque.

— Regarde-moi, Libero.

Pupilles dilatées, maxillaires contractés, il était encore sous l'effet de la poussée d'adrénaline.

— Je suis désolé pour ton chien. Il était comme enragé. C'était lui ou moi.

Légitime défense, en somme. Il avait parlé sur le ton du constat, avec une placidité déconcertante. Combien de fois avait-il été confronté à un tel dilemme ? Je baissai les paupières pour dissimuler ma rage et mon désarroi.

— Tu l'as blessé où ? Tu as pu voir ?

Sa main se posa sur mon épaule et je retrouvai une sensation familière.

— Non. Il s'est traîné dans un massif de ronces. Mais il y avait beaucoup de sang à l'endroit où il est

tombé… Pourquoi tu nous as suivis, hein ? Pourquoi il fallait que ce soit toi ? Putain, Libero, réponds-moi !

— Pour t'empêcher de faire une connerie.

Il médita ma réponse, les yeux dans le vague, avec une expression entre amertume et mélancolie. Je me contorsionnai pour me mettre à genoux et lui faire face.

— Écoute-moi, Gianni. Raffaele, je le connais. Si tu le relâches maintenant, cette histoire restera entre nous.

— C'est ça ton plan, Libero ? Je laisse partir le fils du baron et je retourne faire le bois pour son père ? J'ai d'autres projets, figure-toi.

— Pour du fric ? Tu crois que ça vaut le coup ?

Son rire bourru explosa dans une tonalité proche de l'étonnement. Un éclat d'enfance dans un tas de muscles.

— Quand tu as le fric, le reste suit. Tu parles que ça vaut le coup… N'importe quoi plutôt que cette vie de merde.

— Même la prison ou la mort ? Tu peux décider de tout arrêter, Gianni…

Je serrai les mâchoires en essayant d'occulter Lazare.

— Personne n'a été blessé.

Gianni se releva. Il ouvrit et referma la main qui avait frappé Luca, se massa les phalanges. Sa voix se fit cinglante.

— Tu parles à tort et à travers, comme l'autre abruti. J'ai déjà fait des choses… Et je suis prêt à les refaire. J'ai eu ma part de saloperies, t'as même pas idée. Je veux ma part du reste et je vais la prendre.

— Ta part ? Ta part de quoi ? Tu vas toucher combien ? Tu fais ça pour le compte de quelqu'un, non ? Les Carboni ?

— Tu te fourres le doigt dans l'œil, Libero. Tu n'imagines pas à quel point…

Il se frotta le front comme il avait l'habitude de le faire sur les bancs de l'école lorsqu'il était face à un problème insoluble.

— Tu es la dernière personne que j'avais envie d'avoir en travers de ma route.

Mon intuition se confirma. J'étais devenu son problème.

— Une fois que tu auras eu l'argent, tu vas le tuer, hein ? Et puis tu le balanceras d'une falaise ou tu l'enterreras dans une caverne. Et après ? Ce sera mon tour ? C'est ça ton projet, Gianni ?

— Et toi, si je te détache, tu iras aussi sec rameuter la cavalerie ?

Nous nous sondâmes, guettant l'un chez l'autre l'hésitation, une faille. Je sus que rien ne le ferait renoncer. Il comprit que je ne redescendrais pas sur Ogliano en faisant mine d'avoir été frappé d'amnésie. Gianni m'empoigna sous les bras pour m'aider à me remettre debout. La tête me tourna. Je n'avais aucune chance face à sa puissance et j'avais échoué à le convaincre.

— Putain, tu fais chier, Libero ! Qu'est-ce que je vais faire de toi ?

Qu'il se posât la question, laissait filtrer un peu d'espoir. Mais viendrait un moment où les solutions se réduiraient comme peau de chagrin. Pour lui comme pour moi.

16

Il fallut quatre heures d'un trajet hors sentiers pour rejoindre notre destination. Juché sur la mule qui souriait et chargé du fils du baron, Luca avait ouvert la marche. Raffaele et moi eûmes à peine le temps d'échanger un regard. Le mien ressemblait à une déroute. Le sien était hagard, sonné. Sa tempe portait une vilaine entaille, la marque de Luca. Probablement sa punition pour avoir tenté de baliser une piste. Gianni m'avait hissé sur la seconde mule comme un vulgaire fagot. Le "hum" satisfait et la tape méprisante qu'il m'assena dans le dos après m'avoir sanglé à la selle ajoutèrent à mon humiliation. Le message était limpide : tu ne fais pas le poids. Je l'avais reçu cinq sur cinq. Fusil en bandoulière, Gianni avait fait le chemin à pied et à l'arrière. Il réfléchissait tout en nous surveillant. Le moindre craquement suspect le mettait sur le qui-vive. Il n'avait plus confiance en personne.

Je ne pouvais lui donner tort.

Malgré la somnolence qui me guettait au gré des balancements réguliers de ma monture, j'étais resté en éveil, enregistrant les points de repère pour m'orienter, évaluant les chances de nous en tirer indemnes dès que l'opportunité de fuir se présenterait. Je supposai que Gianni était seul à posséder un fusil. Si Luca avait été armé, il ne se serait pas contenté de m'assommer. L'œillade qu'il me lança en éperonnant sa mule ne laissait planer aucun doute quant à ses intentions. Il me tenait pour responsable de sa dérouillée et j'y avais assisté, d'autres avaient été envoyés *ad patres* pour moins que ça. La peur que lui inspirait Gianni l'emportait sur son envie de me tuer. Le sursaut d'amour-propre du vaincu, un moment d'inattention du vainqueur, d'un instant à l'autre, tout pouvait basculer. Luca était dans le vrai : “il n'y a plus d'ami qui tienne”. À ma première tentative pour prendre le large, la protection de Gianni volerait en éclats.

Son visage massif et déjà marqué, planté sur un cou trop large, m'évoquait une ébauche mal dégrossie. Il n'avait plus rien de commun avec le garçon que j'avais considéré comme un frère. L'ami d'alors venait souvent seconder ma mère pour peindre en sa compagnie. Le chat sauvage au-dessus de la porte de l'école était de sa main. Gianni avait un don pour le dessin, son trait était sûr et délicat. Il avait même envisagé de poursuivre sa scolarité au lycée artistique. C'était avant que son oncle ne s'occupe d'achever son éducation. Ou plutôt son dressage. Ce fumier de Lenzani l'avait façonné mieux qu'il ne l'aurait souhaité : l'élève avait dépassé le maître avant de se retourner contre lui. À Ogliano, rien ne changeait… Sauf pour le pire. Cette main autrefois douée pour l'esquisse avait appris à tirer, à faire mal. J'étais persuadé qu'elle avait déjà tué et je n'entretenais aucune illusion : le moment venu, elle ne tremblerait pas.

Nous avions contourné le pic du Moine sur près de six kilomètres avant de prendre une pente conduisant dans une ravine ombreuse. Les sabots des mules ripaient sur des pierres schisteuses et humides, s'enfonçaient dans des souilles. À la nuit tombée, l'endroit devait grouiller de sangliers. De ce bas-fond partaient les nervures de corridors encaissés. Celui que nous empruntâmes allait en se rétrécissant sous un couvert végétal de plus en plus dense pour buter contre un escarpement d'une trentaine de mètres. J'estimai que nous étions à l'à-pic du plateau des Fées. Si j'avais bien retenu les leçons de mon grand-père. Si mes estimations n'étaient pas erronées.

Aux ordres de Gianni, Luca attacha les bêtes sous une plateforme rocheuse. Une fois nos pieds désentravés, Raffaele et moi fûmes poussés à l'intérieur d'une anfractuosité de la montagne. Nous y pénétrâmes en file indienne. Raffaele marchait devant moi, et Luca, contraint de respirer par la bouche, soufflait dans ma nuque. Cette proximité, ma vulnérabilité me donnèrent des sueurs froides. L'étroit boyau déboucha sur une salle aussi spacieuse que la chapelle des Delezio. Le sol était meuble, recouvert des déjections de la colonie de petits rhinolophes qui tapissaient le plafond d'un édredon velouté et mouvant.

Gianni n'avait pas choisi sa planque au hasard. Aucune voie, même confidentielle, n'y menait. Depuis les hauteurs, nous étions invisibles, inaudibles. Des replis tels que celui-ci, l'est de l'Argentu en comptait des centaines. Autant dire que nous avions disparu de la surface de la Terre. Les épaules de Raffaele s'affaissèrent et il se retourna dans un mouvement de panique. Je me demandai si, comme moi, il visualisait Antigone entrant dans son tombeau.

17

La première heure, ni Raffaele ni moi n'avions osé communiquer. Pieds et poings liés, nous étions prostrés à cinq mètres l'un de l'autre, assis à l'emplacement que Luca nous avait indiqué avec pour consigne de "la fermer". Posté à l'entrée de notre prison, Gianni avait griffonné dans un carnet en fumant cigarette sur cigarette. J'aurais voulu les lui enfoncer dans la gorge et lui faire ravaler son air impassible. Plus je pensais à la fin de Lazare, plus la fureur me gagnait. Son picotement bienvenu mettait ma douleur à distance. J'avais troqué ma peine contre de la haine. Je la couvais. Dans l'Argentu, c'est ainsi que les yeux des hommes restent secs et que les femmes pleurent pour deux.

Je ne refusai pas la nourriture que Gianni déposa devant moi. D'autant qu'il s'était servi dans mon sac. Il s'agissait de reprendre des forces. Je commençai à manger en incitant Raffaele à faire de même. Recroquevillé sur lui-même, il ne réagissait pas à mes signes. Dans la pénombre, il n'était qu'une forme avachie et sans visage. Me voyait-il seulement ?

— Ne te laisse pas aller, chuchotai-je, une fois que Gianni fut sorti.

Son soupir lui vint du fond des entrailles.

— Tu aurais dû rester en dehors de ça, souffla-t-il d'une voix éraillée.

Qu'il l'ait voulu ou non, nos sorts étaient liés. J'aurais dû, oui… Mais pour une raison que j'étais incapable de m'expliquer, l'idée de l'abandonner ne m'avait pas même effleuré.

— Comment c'est arrivé ?

Raffaele se souvenait de s'être endormi dans la roseraie et d'être revenu à lui, ficelé et bâillonné, à la sortie d'Ogliano. Peut-être Gianni nous épiait-il déjà au moment où Raffaele m'avait rejoint sur le banc. Simple et audacieux, le rapt du fils du baron avait nécessité préparation et sang-froid. J'étais convaincu que Gianni et son complice n'étaient pas seuls dans la partie et qu'ils agissaient sur ordre. Si les Carboni n'étaient pas impliqués, c'en étaient d'autres de la même engeance et qui n'avaient pas froid aux yeux. Il fallait avoir les reins solides pour oser chasser sur les terres du roi de Silano.

— Ton père, il va payer ?

En formulant ma question, je me demandai qui serait chargé de réceptionner la rançon et selon quelles modalités. Comment Gianni serait-il informé du paiement ? L'exécution de Raffaele avait été décidée dès son enlèvement. Pourquoi ?

— Mon père est pourri de défauts, mais il tient à moi. Je suis le dernier des Delezio…

— À ton avis, combien de temps avant de réunir la somme demandée ?

— Un jour, deux tout au plus… Est-ce que ça a de l'importance ?

En toute logique, cela aurait dû en avoir. Mais de logique, les actes de Gianni en semblaient dénués.

Ses motivations profondes m'échappaient. Jusqu'à la toute fin, elles se dérobèrent à mon entendement.

— En fait, assez peu…

J'hésitai quelques secondes sur la manière de lui présenter la situation avec tact sans en trouver aucune. Le temps jouait contre nous. Nous étions deux morts en sursis conversant dans le noir.

— De toute façon, argent ou pas, ils ont prévu de te tuer.

Raffaele s'agita et ses talons piochèrent le sol, provoquant remous et battements d'ailes au-dessus de nous. Puis le calme revint et le silence s'étira, pesant.

— Je n'ai pas l'intention de leur faciliter le travail… Raffaele, tu m'écoutes ?

Aucune réponse. Soit le fils du baron se pensait intouchable, soit il avait baissé les bras. À bien des égards, son attitude en temps normal s'apparentait à une forme de désertion. Sans sursaut de sa part, nous pouvions tout aussi bien commencer à creuser notre trou. Nous n'aurions pas été les premiers à prendre la pelle un canon sur la nuque.

— Toi, moi, on est dans le même bateau. Pendant que Gianni est ici, quelqu'un tire les ficelles à Ogliano ou ailleurs. Ces gens-là ne laissent pas de témoins derrière eux. C'est le moment de prouver ce que tu as dans le ventre. Antigone a accompli quelque chose avant de mourir. Et toi ? Il est où le type qui veut mettre les assassins en prison ? À moins que tu ne sois comme tous les Delezio, un donneur de leçons habitué à péter dans la soie.

Il redressa le buste et sa voix siffla entre ses dents serrées.

— La mort ne me fait pas peur et je ne suis pas un lâche.

— Tu es prêt à te battre pour sauver ta peau ? Tu es avec moi ?

Sa respiration s'accéléra.

— Jusqu'au bout.

Le Raffaele qui m'avait fait si forte impression quelques heures plus tôt n'était pas brisé. Au travers de mon tee-shirt, je pressai le pendentif que m'avait offert mon grand-père l'année de sa mort. Quand je le relâchai, sa forme était imprimée dans ma chair. Gianni avait fouillé mes poches, retourné mon sac, et il était passé à côté de l'évidence. Seul un œil averti aurait pu deviner que la pointe en corne de chèvre renfermait une lame. "En montagne, fils, tu dois toujours avoir un couteau à portée de main. Je vais t'apprendre à t'en servir. Celui-là pourrait bien un jour te sauver la vie."

Je savais comment l'utiliser pour me libérer et où frapper pour tuer. Moi aussi, comme Gianni, j'avais eu un maître. Entre autres choses vitales à connaître, Argentu m'avait entraîné à parer l'attaque d'un sanglier blessé. Je me répétai qu'homme ou bête cela ne ferait pas grande différence. Puis je criai le prénom de Gianni.

J'avais une arme. Il nous fallait un plan.

18

Au sortir de la grotte, je mis d'instinct la main en visière pour éviter l'éblouissement du midi, ce feu blanc qui fume la terre et donne à l'air un goût de silex frotté. Je fus cueilli par une brise piquante et une luminosité de fin de journée. Le soleil avait été gobé. Le ciel était devenu gris souris. Ça crépitait au-dessus du pic du Moine, dont la cime était décapitée par les nuages. L'Argentu cuisinait une de ces tempêtes qui rendent crédibles les fables de déluge et de fin du monde.

— On va y avoir droit, marmonna Gianni.

Je l'avais appelé en prétextant un besoin pressant. "Tu n'as qu'à te soulager ici", avait-il objecté. Je lui avais rétorqué que nous n'étions pas des bêtes. Après une bordée de jurons, il m'avait ordonné de me lever. "Pas d'entourloupes, hein…" Ce n'était pas mon intention. Pas dans l'immédiat.

J'avais déjà fort à faire pour baisser ma fermeture Éclair avec les mains entravées. Les grognements excédés de Gianni, dans mon dos, n'aidaient pas. Cela semblait beaucoup amuser Luca qui ricanait et reniflait sur ma gauche, en produisant des bruits de canalisation bouchée. Son nez amoché avait viré à l'aubergine.

— Tu veux me la tenir, connard ?

Luca cracha et fit mine de se lever. Le "tss" de Gianni le stoppa net. Il se rassit sur son rocher en grimaçant.

— Tu l'as trouvé où, celui-là ?

— Qu'est-ce que ça peut te foutre, Libero ? Dépêche-toi.

— S'il te plaît, plaidai-je en lui présentant mes poignets. Où veux-tu que j'aille ?

— Pas loin. Si tu bouges, je t'aligne.

Il me libéra. Je pus enfin pisser. Tout en observant la paroi devant moi. Elle offrait suffisamment de prises et de points d'appui. Son escalade ne présentait pas de difficulté insurmontable, si tant est que l'on ne fût pas sujet au vertige. Ce n'était pas le cas de Gianni. L'échelle de ma mère constituait sa limite. Sur les deux derniers barreaux, il ne tournait plus la tête quand on lui parlait. Notre voie de sortie la plus directe était cette muraille, un conglomérat de roches et de coulées de terre où s'accrochaient de maigres touffes de végétation. Trente mètres et nous serions provisoirement hors d'atteinte. Encore fallait-il les gravir avant que Gianni n'épaule son fusil.

— C'est bon, tu as fini ?

Pas tout à fait.

— Le bouquin, celui dont il a déchiré les pages, tu l'as gardé ? Tu pourrais le lui rendre ?

Ses yeux s'écarquillèrent. Il me prit pour un fou. En effet, cela aurait dû être le cadet de mes soucis. Mais je devinais que le lien unissant Raffaele à ce livre dépassait l'intérêt littéraire ou l'attraction morbide. De l'avoir en sa possession lui redonnerait confiance, du moins je l'espérais. Au point où nous en étions…

— Ce gars est toqué et il t'a contaminé, Libero. Et pourquoi je le lui filerais, hein ? Pas une fois il m'a adressé la parole !

— Tu te souviens de la fois où tu avais perdu la montre de ton père ?

Ce jour-là, il y a cinq ans, nous avions retourné chaque pierre du chemin menant à la fontaine. La nuit était presque tombée quand je l'avais finalement retrouvée dans un bouquet de genêts. Le bracelet s'était détaché et j'avais proposé de le faire réparer par César. Au bord des larmes, Gianni m'avait étouffé en me donnant l'accolade. "Merci, merci, Libero. Tu peux pas savoir comme je suis soulagé et heureux ! Cette montre, c'est tout ce qu'il me reste de lui. Il nous manque tellement, si tu savais…" Jamais il ne s'était aventuré sur le terrain de l'intime ni laissé aller à de telles effusions.

Gianni m'agrippa brusquement l'avant-bras pour me tirer vers la mule qui souriait. Pendant qu'il fouillait dans la sacoche, je caressai l'encolure de l'animal, tentant d'apaiser ses tressaillements erratiques.

— Et toi, siffla Gianni en brandissant *Antigone* comme s'il avait voulu me gifler avec, tu te souviens quand tu disais qu'il fallait en finir avec les barons et les "Don" ? À Ogliano, il n'y en aura plus et tu t'en plaindrais ?

— Je n'ai pas changé d'avis. Mais pas de cette façon.

— Si tu avais été à sa place, ce fils à papa n'aurait pas levé le petit doigt pour sauver ton cul. Le truc, Libero, c'est que t'as toujours été un rêveur et que je me fous de ta bénédiction.

J'avais posé le front contre celui de la mule comme je le faisais pour communiquer avec Lazare. Cet animal suait la peur.

— Elle est nerveuse. Dans moins d'une heure, ce couloir sera un torrent et Luca l'a attachée n'importe comment, tu…

— Putain ! Et tu voudrais m'apprendre la vie, en plus ? Tu crois que je me la suis coulée douce pendant que tu étais peinard au lycée ?

— La mule, ce n'est pas elle toute seule qui a tué ton oncle, pas vrai ?

Je le vis se décomposer.

— Lenzani était une ordure. Qui t'en voudrait ? Pas moi, Gianni.

— Donne-moi tes mains.

Il serra la corde pour me faire mal. Son but fut atteint.

— Ce que tu as fait à ton oncle, Luca te le fera. Au moindre signe de faiblesse, il…

— Tu seras pas là pour le voir, Libero. Sors de ma vue et va retrouver le fils du baron puisque tu as choisi ton camp. J'ai autre chose à foutre que d'écouter tes conneries.

Au moment où je pénétrai à nouveau dans la caverne, la foudre tomba à dix kilomètres de nous. Raffaele me pressa les doigts quand je lui remis *Antigone*. J'interprétai ce geste et son regard brillant comme la promesse tacite qu'il se tiendrait prêt. Je regagnai ma place et Gianni m'entrava les jambes. Puis il appela Luca qui accourut ventre à terre. Mon grand-père affirmait qu'il n'y avait pire coup de pied que celui du cheval apprivoisé. Gianni en avait pleinement conscience. Il était sur ses gardes. Dans sa manière de toiser Luca, il y avait aussi de la répugnance. La violence et la soudaineté de leur affrontement me laissaient penser que leur contentieux ne datait pas d'hier. Mais alors, pourquoi s'était-il associé avec ce cafard ?

D'un ton cassant, Gianni expliqua à Luca qu'il allait conduire les mules au sec. "Je suis de retour dans trente minutes. S'il y a le moindre problème, je te crève."

Je dégageai la cordelette retenant le couteau et l'entrouvris avec les dents.

19

GIANNI

Je t'ai souvent entendue pleurer, maman. Quand j'étais enfant, je croyais que tu étais triste à cause de la mort de papa. Je trouvais ça normal et même rassurant. C'était la preuve qu'il avait vraiment existé, que j'avais eu un père. Un bon père. Pas comme Libero, tu vois. Parce que des souvenirs de lui, je n'en ai pas. Sur la photo de votre mariage et de mon baptême, même quand je regarde longtemps son visage, ça ne réveille rien. Alors, tes sanglots, la nuit, quand tu pensais que je dormais, c'était dans l'ordre des choses.

J'ai mis du temps à comprendre que tu ne pleurais plus ton mari mais à cause de l'oncle. Je ne veux pas écrire son prénom parce que les prénoms, c'est pour les chrétiens. "Le diable, il ne faut pas l'appeler", je ne sais pas combien de fois tu me l'as répété. Tu savais de quoi tu parlais. Je l'ai vu à plusieurs reprises rentrer en titubant dans ta chambre et moi, je pensais qu'il était tellement saoul qu'il s'était trompé de porte. Je ne veux pas rajouter à ton fardeau ou te gêner. C'est dur pour un fils de dire certaines choses à sa mère et c'est dur pour une mère de les entendre. Je sais ce qu'il te faisait, je le sais réellement, tu comprends ? Et je veux que tu saches que ce n'est pas à toi d'avoir honte ou de te sentir coupable. Parce que des choses comme ça et des hommes comme lui, ça ne devrait pas exister.

Sois certaine que j'ai toujours été ton fils dévoué et qui t'aime. Quand l'oncle est venu me prendre, je n'ai pas été en colère contre toi. Je me souviens très bien que quelques mois avant, tu m'avais emmené avec toi chez le baron pour lui demander de t'engager. J'attendais sur la terrasse pendant que vous discutiez dans le petit salon et je t'ai vue joindre les mains pour le supplier. Je n'oublierai jamais son regard gêné quand il nous a raccompagnés. Je me suis senti un moins que rien lorsqu'il a glissé des billets dans la poche de ma veste. Sur le chemin vers la maison, tu m'as fait promettre d'être fort et courageux, et j'ai promis. J'ai beaucoup repensé à cette visite. Si le baron t'avait prise à son service, ce jour-là, s'il avait seulement accepté de parler à l'oncle et d'user de son pouvoir… Mais il s'est contenté de nous faire l'aumône. Ce n'est pas lui que tu aurais dû aller trouver, mais Mme Argentina, alors peut-être que tout aurait été différent. Mais je ne te reproche rien, parce que moi aussi je n'ai su que me taire.

Après, je me suis accroché pour tenir ma promesse. Dans les moments les plus durs, le cahier que tu avais caché dans mon barda m'a sauvé la vie. Quand l'oncle me laissait en paix, je dessinais ou j'écrivais. Je ne risquais pas grand-chose puisqu'il ne savait pas lire. L'oncle, il faisait le sale boulot pour les Carboni et moi, j'ai fait le sale boulot de l'oncle. Là, c'est moi qui ai honte de t'avouer certaines choses. Et puis les mots, je les ai pas. De penser à toi, c'est ce qui m'a empêché de devenir une bête comme lui ou comme Luca. Et encore, une bête… Le nombre de fois où j'ai préféré dormir avec les mules.

Je suis devenu assez fort, enfin. L'oncle, je ne l'ai pas attaqué en traître. Je lui ai réglé son compte à la loyale. Tu étais dans mes poings, maman. Mais tu l'avais deviné, je l'ai vu dans tes yeux. Si ça peut te consoler, je l'ai fait pleurer autant qu'il t'a fait pleurer. Après, j'ai guidé la mule pour qu'elle le piétine. Celui qui a trouvé le corps a raconté partout qu'elle souriait. Moi, je peux te dire qu'elle a aussi dansé la tarentelle.

De ça, je ne demande pardon à personne parce que je ne regrette rien.

Après, et pour le fils du baron, j'ai pris ma décision. J'ai mes raisons. Il y a autant de justice dans ce monde que d'or dans la Fiumara. Puisqu'il n'y a rien de juste, depuis le commencement jusqu'à la fin, mes raisons en valent bien d'autres. Le baron apprendra qu'il y a des choses que l'argent ne peut pas réparer. Son offre d'emploi est arrivée trop tard. Et les Carboni, eux, ils sauront que je ne suis pas leur larbin. J'ai fini de courber le dos. Plus personne ne me donnera d'ordres.

Si ça tournait mal, les gens colporteront tout un tas d'imbécillités sur mon compte. Ne les écoute pas et ne baisse pas la tête. Surtout, ne les laisse pas raconter que je suis comme l'oncle. Le mal que j'ai fait, je l'ai fait sans plaisir. S'il y a un jugement là-haut, je l'affronterai comme un homme.

Tu pourras assurer au baron que son fils n'a pas souffert, en le regardant bien en face. Luca, personne ne le regrettera. Mais s'il vient un fou pour le pleurer, dis-lui bien que j'ai vu ce démon rire en coupant le doigt d'un enfant et manger de bon appétit après avoir égorgé un homme. S'il arrive malheur à Libero, c'est qu'il ne m'aura pas laissé le choix. Demande pardon pour moi à Mme Argentina. Explique-lui que j'ai essayé autant que j'ai pu et que j'aurais tellement voulu que les choses se passent autrement. Il a été mon seul ami.

Je voulais juste te rendre la vie plus douce, maman. Il ne peut pas y avoir que de la peine en attendant la mort. Pourquoi, nous autres, on n'aurait pas le droit d'être heureux ? Comme la fois où on a pris l'autobus pour aller à la mer. On avait mangé des pâtes à la poutargue, dans ce petit restaurant du port, tu te souviens ? Le vin était bon et tu n'arrêtais pas de rire. J'avais l'impression d'être au paradis.

Fais-moi enterrer près de papa. Le curé, j'y tiens pas trop. Vu qu'il nous a pas été d'un grand secours ici-bas, je suis pas sûr qu'il nous sera très utile pour après. Mais je ne veux pas te contrarier, alors tu feras comme tu voudras. Sous mon matelas, tu trouveras une boîte en fer, ce sont mes économies et celles de l'oncle et le cadeau que je comptais t'offrir pour la fête de la Madone.

Ne pleure pas pour moi. Du bonheur, j'en ai eu un peu. Ça vaut la peine de mourir pour en avoir encore. C'est comme un vin fort et doux dont on ne peut plus se passer.

Ton fils qui t'aime,
Gianni

20

Cinq minutes après que les renâclements des mules s'étaient éteints, Luca surgit du boyau. Une tête de moins que moi, pas une once de gras et du vice à revendre, il tenait un bâton destiné à rendre les coups qu'il avait reçus. Il me considérait comme son débiteur. J'y comptais bien. Que Luca fût sorti du ventre d'une mère ne me traversa pas l'esprit. Je ne le voyais plus en tant qu'homme. Il était un obstacle, un exutoire. Nous étions sur la même longueur d'onde : quelqu'un devait payer.

Il avança, sûr de son fait. Rosser un adversaire en position d'infériorité, la partie s'annonçait facile. Sans pouvoir lui distinguer les traits, j'imaginai sur son visage une jubilation égale à la mienne. Je souris, bandai les muscles. "Bâtard !" L'insulte me frappa sans préambule en même temps qu'une volée me cingla le flanc. Assis dans son coin, Raffaele cria comme si la douleur l'avait atteint. Des chauves-souris se détachèrent par paquets de la voûte et s'égayèrent dans un concert de sons perçants. Mon désir d'en découdre explosa. Je lançai les pieds en lui visant les tibias. Luca chancela, les yeux exorbités. En un bond je fondis sur lui.

Nous roulâmes au sol en nous y enfonçant comme dans un sommier fatigué. Il ahanait, son haleine empestait l'aigre et le métal chauffé. Ses poings me martelaient les flancs, les reins, mais l'intensité de ses frappes déclinait. Je ne ressentais rien d'autre qu'une frénésie barbare. Je propulsai mon front contre le sien avec une ardeur intacte. Une coque de noix fêlée sous une pierre. De la pulpe et du sang. J'étais ivre, Luca, terrassé. Sa soudaine mollesse décupla ma fureur. La reddition avait été instantanée. Trop rapide. J'en voulais plus et encore, qu'il hurle, rampe, supplie. Le pouls à sa jugulaire battait faiblement. J'y apposai la pointe de ma lame. Une simple pression et c'en serait fini. Pour Lazare. Pour le môme esquinté au collège. Pour ceux qui avaient suivi. Ce ne serait que justice : celle de l'Argentu. À Rome comme les Romains, pensai-je en faisant perler le premier sang.

— Libero, non ! implora Raffaele.

Il s'était mis debout et, toujours ligoté, chuta en tentant de me rejoindre, causant un nouveau mouvement de panique parmi les rhinolophes. L'air déplacé par leur vol tourbillonnant s'insinuait dans mon cou, sur mes joues, éveillant une sensation poisseuse de mouillé et de froid. Raffaele continuait de se traîner vers moi en scandant mon prénom avec des intonations lénifiantes que l'on réserve à l'animal devenu fou. Ce que j'étais.

Mes mains furent prises de tremblements.

— Je t'en supplie, tu vaux mieux que ça…

M'écarter du corps inerte de Luca me coûta autant d'efforts que de remonter le cours de la Fiumara en crue. Étendu, les mains dans la terre fraîche, je repris peu à peu contact avec la réalité.

Ma fièvre reflua, me laissant les symptômes d'une gueule de bois carabinée. Le visage de Raffaele était maintenant si proche que ses cheveux me balayaient la tempe. J'appréhendais de croiser son regard, d'y lire de la réprobation. Pire, de la répulsion. Ses yeux fixes et brillants n'exprimèrent que sollicitude.

— Partons, Libero.

Je tranchai ses liens et me relevai avec l'impression d'être passé sous les sabots d'un cheval. Gianni avait abandonné mon sac à dos à l'entrée de la grotte. Je l'attrapai, me retournai, cherchant Raffaele. Agenouillé aux côtés de Luca, il lui surélevait la tête pour éviter qu'il ne s'étouffe dans ses fluides. À demi conscient, le visage sanguinolent, la jambe droite tordue dans un angle bizarre, Luca geignait comme un jeune chiot arraché à la mamelle de sa mère. Il ne ferait plus de mal à personne avant longtemps. Je me sentis sale. Étranger à moi-même. Homme ou bête, si l'on ne faisait plus la différence, on se perdait. Le fils du baron l'avait compris avant moi.

Dehors, les nuages avaient pris la couleur du plomb et bombardaient des gouttes de la taille d'un œuf de caille. Elles étaient espacées. Ce n'était qu'un prélude, les premières mesures avant l'effondrement du ciel. Raffaele me toucha l'épaule. Je lui désignai la falaise.

— Tu t'en sens capable ?

— Oui, m'assura-t-il. Et puis… est-ce qu'on a le choix ?

Nous n'avions que celui-là, sauf à courir le risque de tomber sur Gianni.

— Ça va aller, dit-il en accentuant la pression de sa main.

J'aurais voulu être aussi confiant qu'il semblait l'être. En quelques foulées, la pluie me lava. En surface seulement. L'image de Luca ne s'effaçait pas.

Elle est encore gravée dans ma mémoire.

21

Dès le début de l'ascension, j'avais souffert d'élancements. Pivoter le buste ou lever les bras me sciait le souffle. J'étais à la traîne. Malgré mes injonctions, Raffaele s'arrêtait toutes les deux minutes pour m'encourager du regard ou d'un mot. À mi-parcours, après une série de canonnades, le ciel avait craqué, déversant des trombes d'eau qui brouillaient la visibilité et rendaient notre progression hasardeuse. Le vacarme était tel qu'il nous obligeait à hurler. Les paroles de Raffaele étaient parfois noyées dans les bourrasques. Ogliano me paraissait à des années-lumière dans l'espace et le temps. Plus nous grimpions, plus je m'interrogeais sur ce que nous trouverions après la frange de brouillard épais qui moutonnait sur les hauteurs de l'escarpement. La tempête se déchaînait autour de nous comme elle grondait en moi. L'éventualité d'un retour s'estompait. Avec elle, le mirage de Tessa.

Raffaele se hissait sur la crête quand le bourrelet de roche sur lequel j'avais pris appui se déroba. Je dévalai cinq mètres sur le ventre avant de réussir à me raccrocher à des racines, avec la sensation qu'un tisonnier me poinçonnait les côtes. Je voulus ajuster le placement de mes pieds, mais il me fut impossible de bouger le gauche. Bloqué, sans que je puisse voir où et comment : la moitié de ma jambe disparaissait dans un entrelacs d'herbes et de branches. Je me collai à la montagne. Une rafale de pluie me gifla, portant l'appel de Raffaele. Je n'osais plus faire le moindre mouvement.

Gianni s'était trompé en affirmant que le fils du baron n'aurait pas levé le petit doigt pour moi. Même si c'était folie, il redescendait.

— Tu t'es blessé ?

— Coincé. Gianni ne va pas tarder. Tu dois filer. C'est après toi qu'il en a.

Il se tourna vers le canyon, plissa les yeux. Ses mâchoires se contractèrent.

— Il revient, c'est ça ? Dégage, je te dis ! Tu es débile ou quoi ?

Le front buté, il continua à descendre par ma gauche.

— Ton pied est pris dans des racines. Je vais creuser pour libérer un espace. Quand ce sera fait…

— On n'a pas le temps…

— Il ne nous a pas vus. Tais-toi et laisse-moi faire.

Je le sentis gratter la terre autour de ma cheville.

— Tu peux remuer ? Rien de cassé ?

— Non. Il est où ? Qu'est-ce qu'il fait ?

— Et ça change quoi de le savoir ? souffla-t-il en s'activant.

Rien. Mais si Gianni nous tirait dans le dos, je voulais être prévenu du moment où j'allais mourir.

— Dis-moi.

— Il marche tête baissée vers la grotte. Essaie de plier le pied, je vais te guider pour le faire passer. Voilà. Vas-y, maintenant, je reste derrière toi.

— Qu'est-ce qu'il…

— Non, Libero. Regarde droit devant. Ne t'occupe que d'avancer. Aussi vite que tu peux.

L'urgence dans sa voix, si elle était manifeste, ne la fit pas trembler. Je repris l'escalade, dégoulinant d'eau et de boue, cassé en deux pour éviter de donner prise au vent. Les côtes me brûlaient, la douleur hachait mes gestes et ma respiration. Parfois, un spasme plus aigu me pétrifiait et Raffaele me tapotait le mollet. "Ne t'arrête pas." Je serrais les dents pour faire le pas de plus. L'inclinaison de la pente s'adoucit, un sentier de chèvres serpentait vers le sommet. Le fils du baron revint à ma hauteur.

— On y est presque.

Presque, ce n'était pas assez. Nous étions à découvert lorsqu'une déflagration ébranla la montagne. Ce coup de semonce ne venait pas du ciel mais des profondeurs. Raffaele passa mon bras autour de ses épaules en me soutenant la taille. À présent, il donnait la cadence et ça faisait un mal de chien. Un éclat de roche vola à nos pieds, une motte de terre sur ma droite. Ensuite, je perdis le compte. Cette fois Gianni nous avait repérés et il nous canardait, rechargeant son fusil sans relâche. Dans les derniers mètres, Raffaele me porta jusqu'en bordure de l'à-pic. Je m'étalai de tout mon long sur le sol spongieux. Raffaele haletait, allongé près de moi. Une estafilade lui fendait l'avant-bras.

Au fond de la gorge inondée, Gianni cassa son fusil et introduisit deux cartouches. Il fit feu une première fois en l'air. Puis je le vis disparaître dans la grotte. Il en ressortit en traînant Luca par les bras, le força à s'agenouiller et lui tira une balle dans la nuque.

22

Devant mes yeux fixes, Luca n'en finissait plus de tomber. Comme un sac vide. Sans bruit. "S'il te plaît, parle-moi", ne cessait de répéter Raffaele. Mais je demeurais muet. Ce qu'il y aurait eu à dire après ça, je n'étais pas en état de le partager avec lui. La démonstration se passait de discours. Longtemps après l'exécution, le visage de Gianni était resté levé vers la crête : il nous avait pris à témoin. La mort de Luca était sa profession de foi. *Regarde, Libero*, avait-il déclaré au travers de son geste. *Regarde et prends-en de la graine. Ce que tu as commencé, je l'achève. Ici, on ne fait pas les choses à moitié. Ici, il n'y a pas de place pour les rêveurs et la règle est la même pour tous. Elle vaut pour les ennemis comme pour les amis, pour les gagne-petit comme pour les barons. Avec ou contre moi. Mort ou vivant.*

Raffaele tenta en vain de me secouer. En désespoir de cause, il me recouvrit de la parka qu'il trouva dans mon sac. Sous l'averse et les roulements de tonnerre, stoïque, il patientait. J'étais étendu dans l'herbe, brûlant, sidéré. L'acte commis par mon ami d'enfance et que j'avais été à deux doigts d'accomplir me renvoyait à mes limites et à ma condition. Ce crime était autant celui de Gianni que le mien.

Je croyais avoir échappé à la fatalité de la violence. Péché d'orgueil. En monnaie de sueur ou de sang, l'Argentu, toujours, réclamait son dû.

"N'importe quoi plutôt que cette vie de merde." Le parti pris de Gianni exprimait moins un choix que la pauvreté de ses options. Combien de fois m'étais-je senti, comme lui, banni de la marche du monde ? Pour ceux dont les chemises n'étaient pas brodées à leurs initiales, Ogliano n'offrait pas plus de perspectives qu'un mouroir. Le fils du baron en était-il conscient ? Je le voyais sans le voir et son profil hiératique m'évoquait la permanence des statues. Dans son apparent détachement, sa filiation avec le vieux Delezio me sauta à la figure. Il se tenait dans ce champ détrempé et battu par les vents comme sur le quai d'une gare, attendant le train avec l'assurance qu'aucun retard ou impondérable ne saurait l'empêcher de parvenir à destination. Laquelle ? S'en souciait-il seulement ? Pourquoi, moi, m'en étais-je préoccupé ?

Des hennissements retentirent que je mis sur le compte du délire avant que la peur ne me tire de mon hébétude. Que Gianni eût été assez fou furieux pour chevaucher sous l'orage était plausible. Mais le contournement de la montagne lui aurait pris une demi-heure au bas mot. Avais-je été absent tout ce temps ? Raffaele s'était levé pour scruter la nappe de brume. Deux ombres s'y profilaient, se rapprochaient à vive allure. Des chevaux émergèrent du brouillard. Un étalon et sa femelle, des bêtes robustes et charbonneuses aux naseaux fumants qui passèrent devant nous au galop en faisant gicler l'eau sous leurs sabots. Comme un grand souffle chaud et puissant. Libres, pensai-je en me remettant sur pied

À notre entrée dans la grotte, le vent
lit par des airs de flûte de Pan. J'allum
et balayai un à un les tunnels qui ra
la coupole en récitant ma leçon :
— Trois démons à l'entrée, un gé
rière, une demoiselle devant le maus
abandonné dans l'escalier, un derni
— Libero, m'interrompit Raffa
par la manche.
Il me posa la main sur le fron
Je la repoussai. Contrairement
croire, je n'étais pas en plein d
— Troisième à droite dans l'
à gauche… Je continue ou tu
— Je m'inquiétais pour tc
— Et pour toi, tu t'inqui
Je braquai la lumière sur
— Je m'inquiète pour c
dit-il sans ciller. Qui t'a a
— Mon grand-père. M
faut pas laisser d'emprei
Nous nous engageâm
plafond. Aux longs mug
dans les boyaux succé
semblables à des ple
esprits poreux aux lég
avaient de quoi imp
bable que Gianni s
mes invitations rép
un refus catégoriqu
perdre là-bas. Il n
où… Tout ce qu
y a forcément d
toi, vous devrie

avec un pincement a
jusqu'à la masse grisâ
savais maintenant où
— Je n'avais jamais
mura Raffaele.
Nous étions sur une
des Fées, un contrefort
de l'Argentu. Là, dans l
d'avens creusés par les élé
que des êtres surnaturels m
aient élu domicile. Le vieil
père, attiré par des voix d'e
qu'un crâne minuscule ava
anecdotes semblables, il s'e
la veillée. Dans l'esprit des g
valeur de vérité. Aussi sûr q
sa source en ces lieux, des fée
tant les imprudents pour les e
s'engouffrant dans les cavités,
dies que Fiorella, la mère de G
chant des sirènes. "Ceux qui on
comber n'en reviennent pas, ou
raison." Tous s'accordaient sur l
était maudit. Tous, hormis mon
Je marchai sur quelques mètre
flanc. La douleur était cuisante. J
côtes fêlées. Je n'étais pas en me
une course de plusieurs heures, qu
temps. L'avance dont nous dispos
ment entamée. Gianni aurait tôt f
traper. Je n'entrevis qu'une option. U
tenait plus du sursis que de l'échap
avions quitté un tombeau. Nous allion
un autre assez vaste pour y loger Ogl

u cœur. Je les suivis du regard
tre qui parut les engloutir. Je
nous avions atterri.
vu la liberté de si près, mur-

prairie en lisière du plateau
calcaire où battait le cœur
e labyrinthe de galeries et
ments, la croyance voulait
i-magiciennes mi-sorcières
Ettore racontait que son
nfants, s'y était engagé et
it roulé à ses pieds. Des
n contait des dizaines à
gens d'ici, la fable avait
ue la Fiumara prenait
s s'y ébrouaient, guet-
nsorceler. Le vent, en
produisait des mélo-
Gianni, comparait au
t le malheur d'y suc-
alors ils y laissent la
e fait que l'endroit
grand-père.
s en me tenant le
e devais avoir des
sure de soutenir
i plus est par ce
ons était large-
it de nous rat-
Un pis-aller qui
patoire. Nous
s en rejoindre
iano.

que le Soleil tournait autour
pourtant elle avait tourné.
détermination à remettre la
on l'emportait sur les supers-
lui avait farci le crâne, je ne
notre peau. Je n'étais pas prêt

nce, dit Raffaele en m'emboî-

uelle chance ? Que pouvais-je
pas ?
de quoi tu parles.
re t'a transmis des choses dont
Ce que je sais de ma famille me
.

ndis qu'il continuait sur sa lan-
a comment l'un de ses ancêtres
ers en retard de ses métayers en
es qui n'étaient pas différentes de
ni. Que l'année où la sécheresse
uasi-totalité des récoltes, celle qu'à
lait encore "l'année de misère", les
aves de la Villa rose étaient pleins
revenus n'avaient pas été affectés.
erre avait permis aux Delezio d'ac-
cier de manière indécente. Il avait
u jour en compulsant les archives
près de deux cents ans. Et il les égre-
du réquisitoire, avec la ferveur de
donné pour mission de rétablir la
ésigner des coupables. Cette vérité,
ais et j'étais stupéfait que nous parta-
e. À l'évidence, elle lui pesait. Peut-être
son enlèvement comme un châtiment,

une forme d'expiation, ce qui aurait expliqué pourquoi il paraissait si indifférent à son sort. Je ne savais plus sur quel pied danser. Le fils du baron avait le don de m'irriter, de me surprendre et de m'émouvoir d'une seconde à l'autre et même tout cela à la fois. Jamais il n'avait été aussi bavard, et il avançait à découvert, sans se cacher derrière ses cheveux ou les citations d'*Antigone*.

— À une seule reprise, conclut-il, les Delezio ont fait preuve de largesse. Du temps de mon arrière-grand-père… Je mettrais ma main au feu que cette bonne action en cache une autre moins avouable.

Je repensai à ce que ma mère m'avait dit au sujet d'Herminia et au mystère de sa présence dans la chapelle. Mais ce n'était pas le moment de remuer le couteau dans la plaie. Raffaele semblait à vif et je n'étais pas plus vaillant. Je m'adossai à la paroi et éteignis la lampe. Une pâle clarté se détacha, à peine plus grosse qu'un poing. Nous n'étions qu'au début du chemin.

— Tu n'es pas coupable de ce que d'autres ont fait avant toi.

Raffaele vint s'appuyer à côté de moi. Nos épaules se touchèrent. Sa respiration était saccadée. La mienne était au diapason.

— Non. Mais… Je me sens responsable. Cette fête… Les gens d'Ogliano… Je les entendais s'extasier sur la maison, les jardins, la table, et je me disais : en fait, tout ça leur appartient, c'est le fruit de leur travail.

Le vieux Delezio en aurait avalé son cigare. Je me surpris à sourire. C'était étrange de se retrouver à discuter ainsi dans le noir. Étrange et rassurant. Comme lorsque l'on se parle à soi-même pour se donner du courage ou déposer un sentiment trop fort et trop confus pour le garder à l'intérieur de soi.

— Quand tu seras baron, il ne tiendra qu'à toi de changer tout ça, Raffaele.

— Non, dit-il dans un soupir fatigué. C'est tout l'inverse… À ce moment-là, c'est moi qui aurai changé. Le titre et la charge te transforment, je l'ai observé avec mon père. Je ne veux pas être baron. Je ne veux pas devenir *lui*. Je veux faire quelque chose de ma vie…

— Au moins, toi, tu as un père, tu sais d'où tu viens. Et puis tu l'as dit, avec tous ses défauts, il tient à toi.

— D'où l'on vient, ça ne devrait pas compter… Comme les chevaux, tu as vu ? Leur énergie était tout entière dans la course, ils se suffisaient à eux-mêmes. Rien n'aurait pu les arrêter. Rien… ni personne. Le problème avec les pères, même quand on voudrait les détester parce qu'ils se comportent comme des salauds, c'est qu'on ne peut pas s'empêcher de les aimer… Et ça nous freine.

J'étais sceptique. Dans un monde idéal, en effet, cela n'aurait pas dû compter. Mais nous étions à Ogliano. Dans le regard des autres, je me voyais comme un paquet sans expéditeur, sans destinataire.

Il me pressa doucement le bras.

— Ce que tu ignores ne peut pas t'atteindre… Solimane c'est un beau nom, tu l'as hérité d'un homme que tu respectais… Et je suis un foutu imbécile parce que je ne t'ai pas dit merci… Merci, Libero Solimane. N'importe qui aurait tourné la tête, mais toi tu…

Sa main glissa sur mon poignet et le serra plus fort. Il hésitait à ajouter quelque chose, je ne lui en laissai pas l'occasion. Il était trop tôt pour les congratulations : nous n'étions pas tirés d'affaire.

— Luca… Il t'aurait tué sans hésiter. Pourquoi tu m'as retenu, pourquoi tu as pris soin de lui ?

Il ne répondit pas à ma question. Au lieu de cela, il m'en posa une qui me déstabilisa plus qu'elle n'aurait dû. "Pourquoi es-tu venu à mon secours ?" Pris de court, je bredouillai une explication sur le juste et l'injuste. Dès l'instant où les mots me sortirent de la bouche, je sus qu'ils ne disaient pas toute la vérité. La *vraie* raison, je fus incapable de la nommer.

24

Dans les entrailles de l'Argentu, le temps s'écoulait à l'échelle géologique, notre perception s'en trouvait faussée. Par la cheminée de la première salle, que mon grand-père avait baptisée la "Clairière", le monde extérieur se rappela à nous. Au-dessus de nos têtes, l'orage sévissait avec une force égale. La précarité de notre situation demeurait inchangée, mais l'urgence s'émoussait. Sous le plateau des Fées, la seule sorcellerie qui nous guettait était l'oubli. J'en connaissais les effets antalgiques et euphorisants, je les avais recherchés bien des fois. Raffaele s'y était abandonné. Comment aurais-je pu lui en vouloir ? Rien ne nous attendait au-dehors, sauf la vengeance de Gianni et il y avait autour de nous plus de trésors qu'aucun baron ne pourrait en accumuler au cours d'une vie.

Des forêts et des jardins habités de chimères avaient poussé aux plafonds et leur rosée ensemençait des vasques en forme de nénuphars géants. Voûtes, sculptures, colonnades, bas-reliefs, les fées avaient bien travaillé. Elles étaient en effet toutes petites, ces ouvrières. Des milliards de gouttes d'eau et autant de secondes suspendues avaient contribué à façonner un décor d'une variété et d'une facture inégalables.

En richesse comme en majesté, le *palazzo* de mon grand-père surpassait celui de tous les Delezio de la Terre.

Au travers des réactions de Raffaele, je revivais l'émotion de ma première fois. Ses yeux écarquillés reflétaient l'eau des piscines, cristalline, d'un vert lumineux qui donne soif. Ces yeux ivres et étonnés s'embuèrent lorsque le "Mausolée" se dressa devant nous. Là, une trentaine d'excavations dans la paroi avaient été rebouchées par des murets, comme les abeilles auraient scellé des alvéoles. Des signes étaient gravés dans la pierre. À la suite des mouvements de terrain et du travail de fouissage des sangliers, les niches au ras du sol étaient ouvertes. Je les éclairai. "Est-ce que tu réalises ?" me demanda Raffaele en portant la main sur son cœur. L'effet sur moi était chaque fois aussi puissant. Ici reposaient les mères et les pères de l'Argentu. Qui sait ? Peut-être y avait-il eu une époque où les Delezio et les Solimane avaient été traités sur un pied d'égalité. Dans la vie comme dans la mort. Si cela avait été, le souvenir s'était perdu.

Nous avions effectué la fin du trajet chacun dans sa bulle, moi obnubilé par cette question à laquelle je ne trouvais pas de réponse satisfaisante. Lui, marmonnant des paroles que je ne saisissais pas davantage, Antigone, encore elle, supposai-je. Comme je me trompais…

Un dernier pas de danse et enfin les rives du foyer. Après avoir tourné sur notre droite, nous atteignîmes la salle où mon grand-père et moi avions coutume d'établir notre camp et où je continuais à passer une nuit à la date anniversaire de sa mort. Dans un recoin, il y avait le matelas de fougères que j'avais apporté au début du printemps. Comparée aux galeries que nous venions de traverser, elle était modeste, mais elle présentait deux atouts majeurs. Sa voûte tutoyait la surface du plateau et une étroite fissure laissait entrer un filet d'air et de jour. Le tiers de sa surface était occupé par un bassin né de la résurgence d'une source d'eau chaude.

Je m'assis sur les fougères et soulevai mon tee-shirt pour évaluer l'étendue des dégâts. Du haut des côtes jusqu'à l'aine, mon flanc gauche avait pris une teinte violacée. Raffaele pâlit.

— Qu'est-ce que je peux faire ?

Je m'allongeai en grimaçant. De remède miracle, il n'en existait pas, mais il était possible de résorber l'hématome et d'atténuer la douleur.

— Ramène-moi de la boue. Prends-la bien au fond.

Ce qu'il s'empressa de faire. Je m'amusai de sa surprise lorsqu'il plongea les bras dans la cuvette. La température avoisinait les 40 degrés. Il m'aida à appliquer le cataplasme puis à le maintenir en nouant le tissu. La chaleur se diffusa en moi et je glissai peu à peu dans un état de semi-conscience. La fête à la Villa rose me semblait s'être déroulée des siècles auparavant, pourtant, nous étions à peine au milieu de l'après-midi du jour d'après. Ma mère ne s'inquiéterait pas de mon absence avant le soir et alors, il serait trop tard pour entamer des recherches. Et puis pour chercher où ? Tant que personne ne se soucierait de notre sort, nous étions des fantômes. Cela, pensai-je, valait de la naissance à la mort. Celui qui ne compte pour personne n'existe pas. Par association d'idées, je songeai aux pères… Le mien, celui de Raffaele, qu'avaient-ils dans le ventre ? “De la merde”, aurait dit Gianni. Lui, que je croyais mon ami, était-il en train de battre le plateau et de fusiller les nuages ? Avait-il suivi nos traces ? Nous attendait-il à l’entrée ? Je vis Lazare se vidant de son sang, Luca s’écroulant dans une mare rose, les chevaux lancés au galop dans le brouillard… Des larmes me roulèrent sur les joues, Lazare les lécha, son œil jaune me sourit, mais ce n’était qu’un rêve. Tessa entra dans l’eau. Raffaele en ressortit. Puis j’entendis la voix de mon grand-père. “Tu n’as rien à craindre, Libero. Ici, c’est chez toi.” Je ressentis sa présence, son amour.

25

ARGENTU SOLIMANE

Je ne sais pas comment je dois T'appeler, je ne T'ai pas donné de nom. Je ne sais même pas ce que Tu es… Je ne T'ai pas trouvé dans les églises, encore moins dans le blabla des curés, mais sur l'Argentu et dans ses grottes, j'ai vu Ta main. C'est pour ça que j'y ai emmené mon petit-fils. Je voulais qu'il touche du doigt que le beau pouvait naître de petits riens.

Je n'ai pas fait de grandes choses dans ma vie, mais je n'ai eu à rougir d'aucune de mes actions. J'ai pris soin des miens et je les ai défendus sans léser personne. J'ai rendu service aux gens de bien. Je n'ai demandé aucune faveur à ceux dont je ne voulais pas être redevable. Et je n'ai pas courbé l'échine, parce que celui qui se penche trop, on lui voit la raie du cul. D'un Solimane, personne n'a jamais vu le cul, ni baron, ni bandit, ni maître. Pas même Toi. Si ça n'a pas été facile tous les jours et que le chemin a été étroit, la goutte, elle, est tombée où il fallait. Je n'ai rien fait de grand, non, mais ce que j'ai fait a été droit et juste.

Je ne T'ai rien demandé, ni pour moi, ni même le soir où Lucia est morte, parce que je me doute que ça ne marche pas comme ça. "Je Te donne ceci, Tu me donnes cela", ces marchandages, c'est l'affaire des hommes. Et Toi, dans les affaires des hommes, Tu n'y entres pas. Mais parfois, Tu peux entrer dans leur cœur et les inspirer. Pas assez souvent, si Tu veux mon avis... Quand vient le printemps sur l'Argentu, moi, je sens Ton parfum et j'aimerais tellement que mon petit-fils le respire aussi.

Libero, je l'ai vu grandir et j'ai vu aussi grandir sa colère. Les raisons, je les connais. Je me suis assez disputé avec sa mère à cause de ça. Elle a eu peur qu'on le lui prenne, elle a voulu le protéger, je ne sais pas si c'était la bonne manière, seul l'avenir le dira. Je ne serai pas là pour le voir. J'ai pris sur mes dernières forces pour monter Te parler, à l'endroit où je me sens le plus proche de Toi, là où sont enterrés Tes plus vieux enfants. Il me restera assez de sève pour redescendre et après, je sais que ce sera une question de jours. Alors, c'est la première et la dernière fois que je T'adresse un vœu. Un seul. Fais en sorte que mon petit-fils ressente la paix et la joie qu'il y a à respirer les belles choses. Fais en sorte qu'il apprenne à les regarder.

Il y a eu un temps, mais il ne s'en souvient plus, où Libero aimait Ogliano. Il disait que l'Argentu était le plus bel endroit sur Terre. Moi, je crois que chacun possède son Argentu, un endroit où on se sent relié aux autres et à plus grand que soi, si grand qu'il ne sert à rien d'essayer de le comprendre. Il y a des gens qui n'ont pas cette chance, ceux-là, je pense qu'il leur manque quelque chose même s'ils ne s'en rendent pas compte. Quand j'ai essayé de partir à la ville pour gagner un peu plus d'argent, j'ai vite compris que ce n'était pas fait pour moi. J'étais malheureux à monter des briques toute la journée. Pas d'odeurs, aucune vallée où reposer ses yeux, j'avais l'impression d'étouffer. Argentina, elle est pareille. Libero, lui, il a changé. Il ne rêve que de partir et c'est bien normal, à son âge, d'avoir envie de courir le monde. Mais j'ai peur qu'il se coupe de son

Argentu et qu'il ne soit plus capable de distinguer le vrai du faux, de discerner l'essentiel.

À cause de sa colère, il ne voit plus que le malheur. Sûr qu'ici, à ceux qui naissent sans rien, la vie, elle ne fait pas de cadeau. Et même quand on fait ce qui doit être fait, quand on agit avec droiture, la pilule, elle est souvent amère. Mais à force de regarder sur les côtés et en haut, on perd de vue son chemin. Libero, il croit que parce que j'ai trimé et sué pour joindre les deux bouts, j'ai eu une vie de misère. Mais il se trompe. Et même ceux qui voudraient améliorer les choses, et si Tu mettais un peu plus Ton nez dans nos affaires, Tu verrais qu'il y aurait presque tout à revoir, ils se trompent aussi. Parce que avec les meilleures intentions du monde, ils nous regardent de haut. Aux dernières élections, il y avait ce gamin, on lui aurait pressé le nez il en serait sorti du lait, qui est venu me trouver avec ses beaux discours et sa foi toute neuve. "Nous on est avec vous et contre les « Don », nous on est du côté des petits." C'était moins une que je lui mette mon poing dans la figure. Ce qui m'a retenu, c'est qu'il avait l'air sincère. Je lui ai dit que ce dont nous aurions le plus besoin, c'est d'un médecin. Il a noté ma remarque avec une mine déçue. Il attendait que je lui parle de révolution. Moi, je pensais que s'il y avait eu un médecin à Ogliano, Lucia serait encore de ce monde. Je voyais bien, que de son point de vue, Ogliano était minuscule, nos existences toutes rabotées, et qu'il voulait changer les choses en mieux. Seulement, il n'avait rien compris. Là, je ne parle pas de politique, parce que sur les "Don", on était d'accord, à part pour prendre les loyers ils ne sont pas très utiles. Je parle juste de la vie. Moi, jamais je ne me suis senti petit et j'aurais eu mal aux tripes si un jour Libero m'avait regardé comme ce morveux l'a fait.

Le mépris des uns et la commisération des autres, je vais Te dire, ils peuvent se les mettre où je pense. Quand j'ai sorti mon premier chevreau du ventre de sa mère, quand j'ai pris la taille de Lucia au bal de la Madone, quand j'ai dégrafé sa robe de mariée, quand j'ai tenu Argentina dans mes bras, quand Libero m'a appelé pépé… et ces moments où, dans l'Argentu, j'ai souri tout seul devant des choses si belles que j'ai pensé qu'il devait forcément y avoir une force derrière tant de perfection… Tout ça a rempli mon cœur de la même façon qu'il aurait rempli celui d'un baron ou de n'importe qui d'autre. Dans les épreuves, il en est allé de même, je suis resté debout.

Les belles autos, les chapeaux, les souliers vernis… S'il faut user sa vie à exercer un métier qu'on n'aime pas, partir aux Amériques, faire des courbettes ou prendre le fusil, je les laisse à d'autres. J'ai pas trois sous à la banque, mais je ne suis le "petit" de personne.

Non, il n'y a ni petits ni grands destins, j'ai mis du temps à le comprendre. Ce qui importe, c'est le sens qu'on y met et l'attention qu'on accorde à ce qui a de la valeur. Le sablier, il s'écoule pour tous de la même façon. Les comptes, les vrais, ils se font à la fin. Une colonne pour le bon, une autre pour le mauvais. Je considère que j'ai eu une belle vie, j'ai aimé et j'ai été aimé. Je me suis senti plus libre que bien des gens. Je suis fier d'avoir envoyé Argentina à l'école, je voulais qu'elle soit libre, elle aussi, qu'elle ait le choix. Elle a voulu revenir, cette tête de mule. "L'Argentu, c'est chez moi, papa. Et sinon, dis-moi, qui accepterait de s'installer à Ogliano pour faire la classe ?" Elle est comme ça, Argentina… Je voulais qu'elle soit libre, on peut dire que j'ai été servi…

Mais Libero, c'est autre chose… Il est plein de rage contre l'injustice du monde et il a mille raisons d'être en colère. Mais s'il ne réussit pas à la transformer, elle va le dévorer de l'intérieur. Si Tu as des yeux, regarde, parce que Tu ne le verras pas deux fois. Je mets un genou à terre et je Te le demande encore : fais en sorte que mon petit-fils ressente la paix et la joie qu'il y a à respirer les belles choses. Fais en sorte qu'il apprenne à les regarder.

26

Une respiration toute proche, le froissement des fougères, l'espace d'un instant, je crus être revenu dans le champ d'Herminia. Par la force de l'habitude, je tâtonnai à la recherche de Lazare et butai sur la jambe de Raffaele.

— Tu as parlé en dormant, dit-il avec un étrange sourire.

Devant mon air gêné et interrogatif, il s'empressa d'ajouter qu'il n'avait rien compris à mon charabia. Je ne le crus qu'en partie. Sa manière de me regarder était différente : directe, soutenue. Assis face à moi, le fils du baron avait ramené ses cheveux derrière les oreilles et tandis qu'il me fixait, je me fis la réflexion que la couleur de ses yeux avait été pêchée dans la Fiumara. Cette pensée incongrue m'embarrassa. Je détournai la tête. Sous le tissu serré, l'emplâtre de boue s'effritait. Je basculai sur mon côté indemne dans une tentative aussi piteuse qu'infructueuse pour me relever.

— Qu'est-ce que tu veux faire ?

Retrouver mon chien et ma vie d'avant. Mes illusions. Voilà ce qui me vint à l'esprit.

— Me mettre debout.

Il m'offrit son bras. Je m'y accrochai en évitant de croiser son regard. Sans avoir eu à l'exprimer, il comprit mon besoin de solitude et se rassit. Je retirai mes vêtements et entrai dans l'eau. Mon grand-père prétendait que la source possédait des vertus thérapeutiques, qu'elle "dérouillait les articulations". En m'accroupissant pour m'immerger jusqu'aux épaules, je n'espérais que l'engourdissement, libérer mes os de la pesanteur. Ne plus penser, ne rien ressentir. J'y mis toutes mes forces. À lutter contre soi-même, on brûle autant d'énergie que deux hommes.

La luminosité crépusculaire avait baissé lorsque je quittai le bassin. Dehors, il restait peut-être quatre heures avant la nuit et le gros de l'orage était passé. Les eaux de pluie ruisselaient dans la grotte, en produisant un clapotis joyeux et désordonné dont les murailles se renvoyaient l'écho. Je fis remonter mon pantalon en me remémorant l'économie de gestes de mon grand-père. Au même endroit, quelques semaines avant sa mort, je m'étais agacé de sa lenteur, soufflant et trépignant tandis qu'il se rhabillait. "Tu verras, quand tu auras mon âge, et que tu seras obligé de calculer tes mouvements…" J'en faisais l'expérience.

Le temps qu'avait duré mon bain, Raffaele était demeuré une forme bleuâtre fondue dans l'ombre. Aussi immobile fût-il, le fils du baron n'était pas un élément du décor. Cela, j'en étais conscient. Loin de s'être dissipé, mon malaise s'accrut lorsqu'il me tendit mon pull-over.

— Tu veux que je t'aide à le passer ?

Je lui répondis que je n'avais pas froid et le roulai en boule contre moi. Il n'insista pas et serra plus fort *Antigone* entre ses bras croisés. Hors d'atteinte du monde des vivants. J'eus envie de le secouer, mais une fois de plus il me prit de court.

— Certains me croient aussi siphonné qu'Herminia avec ce livre… Toi aussi ?

Je me sentis coupable de l'avoir pensé.

— J'imagine que tu as tes raisons.

— Si ça se trouve, elle aussi… Gabriele, mon frère, tu t'en souviens ?

Comme d'une pâle copie de Raffaele que je n'avais aperçue que de loin. Contrairement à son jumeau, Gabriele ne quittait que très rarement l'enceinte de la Villa rose. Je ne connaissais même pas le son de sa voix.

— À peine.

— Il était né sept minutes avant moi. Le titre lui revenait de droit… Mon frère n'est pas mort en tombant de cheval, Libero. Il s'est pendu dans sa chambre. En pleine nuit. Et c'est moi qui l'ai découvert.

J'étais abasourdi. La voix de Raffaele chevrota, puis se raffermit.

— J'ai essayé de le décrocher. J'espérais… Mais le nœud était trop serré… J'ai appelé mon père à l'aide. Il s'est décomposé sur le seuil. J'ai cru qu'il allait s'effondrer. Mais c'est le baron qui est entré, le baron qui a pris les choses en main. Il m'a demandé de trancher la corde pendant qu'il le soutenait. Ensuite, il l'a allongé sur le lit. Tout de suite après il a téléphoné à un de ses amis médecins… Le certificat de décès mentionne une mort accidentelle… "Chez les Delezio, on ne se suicide pas. On meurt honorablement." C'est ce que le baron a dit devant le cercueil de son fils en nous faisant jurer, à ma mère et à moi, de garder le secret. Ce matin-là, je me suis promis de ne pas prendre sa suite.

— Et le livre ? dis-je presque malgré moi.

Raffaele caressa la couverture.

— *Antigone* était posé en évidence sur le bureau. J'ai pensé qu'il y avait glissé un mot, une explication… Mais non. Je ne sais même pas d'où sort ce bouquin, Libero, il n'était pas au programme…

Ne pas savoir, je le concevais mieux que quiconque, constituait une torture. L'idée que Gabriele ait choisi un moyen aussi radical d'échapper à sa charge d'aîné m'effleura l'esprit, mais je la gardai pour moi.

— J'ai cherché des pages cornées, des passages soulignés… Rien. Alors je l'ai lu. Je ne connaissais pas le texte. En découvrant qu'Antigone s'était pendue, j'ai réalisé que le livre *était* le message et que ce message s'adressait à notre père. J'ai abordé le sujet avec lui, mais il n'a pas voulu m'écouter. Nous n'évoquons jamais Gabriele à la maison. C'est comme s'il n'avait pas existé. Je ne sais pas pourquoi mon frère est mort, Libero, mais j'ai trouvé dans cette pièce assez de questions pour remplir toute une vie. Les personnages de Sophocle m'ont interrogé, c'est… comme s'ils m'avaient tendu un miroir…

La voix pleine de Raffaele s'éleva, résonna dans la grotte et me frappa au cœur.

— *"Pour moi, celui qui dirige l'État et ne s'attache pas aux résolutions les meilleures [...] est le pire des hommes."* Les meilleures, pour qui, Libero ? Pour tous ? Et qui décide de ce qui est le meilleur ?

Je secouai la tête, désenchanté. Les rares fois où l'État était arrivé jusqu'à Ogliano, il était du côté du bâton.

— Les meilleures pour ceux qui tiennent le manche.

Son regard étincela malgré la pénombre.

— Combien de décisions, ici, n'ont pas été équitables ? Et combien de personnes ont renoncé à porter leurs affaires devant la justice ? J'ai vu mon père préparer des enveloppes de billets et j'ai vu des fonctionnaires de toutes sortes entrer dans son bureau. Quand on ne peut se fier ni aux lois ni aux hommes censés les servir…

Alors, pensai-je, ne reste que la loi de l'Argentu.

— Chacun pour soi et les miens contre les tiens. C'était comme ça déjà du temps de mon grand-père…

— Oui, les choses sont restées en l'état parce que quelques-uns y ont tout intérêt. *"La tyrannie a cette chance, entre autres, de dire et de faire ce qu'elle veut."* Voilà comment mon père a volé la mort de mon frère. Et il y a tout ce que j'ignore… La tyrannie des barons, la tyrannie des Carboni… Alors, quoi ? Et les autres ?

"La vie de merde", le sentier large comme deux doigts de mon grand-père, le fusil, ou l'exil… Mon choix était fait. Raffaele hocha la tête comme s'il venait de lire en moi. Il se redressa pour me faire face, accentuant mon trouble. J'étais médusé d'entendre mes révoltes prendre chair dans cette grotte transformée en théâtre.

— Ogliano, Silano… Nos vallées sont des déserts. Il n'y a plus d'État parce qu'il n'a pas su s'élever à la hauteur de sa tâche et se mettre au service de tous. Ses lois ne rayonnent pas jusqu'à nous, elles sont impuissantes à protéger ceux qui en ont le plus besoin, impuissantes à protéger l'innocence. Et moi, je veux que ça change ! Tout à l'heure, tu m'as demandé pourquoi je t'avais empêché d'achever Luca et je ne t'ai pas répondu. Antigone t'aurait dit : *"Je suis faite pour aider l'amour, et non la haine."* Je suis comme elle, Libero.

Quand il s'arrêta, j'eus froid.

27

La main de Raffaele avait cherché la mienne, l'avait ouverte, nos doigts s'étaient tressés. Rien n'aurait pu me préparer à ce maelström. Rien n'aurait pu me préparer à lui. La comparaison ne tenait pas. Mes points de repère étaient à réinventer. De Tessa j'avais entraperçu le sein rond, mais le fils du baron m'avait ouvert son âme. Je m'y étais senti attendu, espéré. Il n'était plus seulement question de chair ou de conquête, mais d'un débordement de cœur à peau. J'en tremblais. Ne sachant que faire de cet élan irrépressible qui me portait aux antipodes de ce que je pensais connaître de moi, de la valeur de mes engagements. Mes certitudes, mon obsession pour Tessa, et même mes serments se consumaient à la vitesse d'un feu de paille. Je n'avais pas retiré ma main. Aucune volonté n'aurait pu m'y contraindre. Certainement pas la mienne qui laissait enfin éclater sa voix. Nos doigts se touchaient, s'apprivoisaient, éprouvaient le courage de leur désir. Et après, et après ? Après nous terrifiait. Nous étions restés longtemps à nous étreindre les mains. Nous attendions, je crois, que la lumière baisse encore.

Le tambourinement des gouttes d'eau s'était ralenti à mesure que nos respirations s'emballaient.

Puis je m'étais levé, à moins qu'il ne m'ait attiré à lui. Nous nous étions embrassés lentement. Ma peur et mes dernières réticences avaient fondu dans la moiteur de ce baiser pudique, de nos langues hésitantes et le frottement plus hardi de nos bassins. Que pouvions-nous opposer à ces retrouvailles, à cette évidence ?

Plus tard, il avait reculé d'un pas et s'était tenu face à moi, exposé, vulnérable, déboutonnant sa chemise avec des gestes fiévreux. Moi, à bout de souffle et le cœur me battant au ventre alors qu'il se découvrait. Les bruits du tissu que l'on froisse me parlèrent d'un ciel déchiré par la foudre. Mes mains avaient effleuré les muscles tétanisés de ses épaules, lui avaient ceinturé les hanches. Le goût de sa sueur à ma bouche me fut aussi familier que celui du pain.

Il y avait ma blessure, sa crainte de me faire mal, notre inexpérience. Nous nous étions caressés sans oser ouvrir les yeux. Cela, nous l'avions déjà fait. Nous pensions l'avoir déjà fait. Mais sa main me brûla comme celle de Nina n'y était jamais parvenue. Nous avions joui debout, très vite. Sans que ce plaisir trop soudain et presque solitaire ne nous apaise ou ne nous libère. Puis nous étions entrés dans le bassin. Là, je l'avais regardé et je l'avais trouvé beau, plus encore que la fois où je l'avais observé nager dans la rivière. Ses prunelles luisaient d'un vert opalin, sa peau dorée accrochait un vestige de lumière, soleil ou lune, quand la mienne n'était plus qu'ombres. Il s'était collé à mon dos, m'avait enlacé la taille avec une prévenance qui m'avait mis au bord des larmes.

J'en avais ressenti un bonheur total, dont il me sembla qu'il était devenu matière tant chaque parcelle de moi s'en trouva comblée. C'était lui et nul autre ou nulle autre, qu'importe puisque c'était lui seul. Dans un éclair de lucidité, j'eus la certitude que cette première fois serait celle de toute une vie. Rien avant ni après Raffaele Delezio.

Nous nous étions laissé glisser dans l'eau et je m'étais calé entre ses cuisses, l'omoplate appuyée contre son cœur, soulevée par ses battements. Plusieurs fois, il avait prononcé mon prénom, avait passé sa main dans mes cheveux, s'était inquiété de mon état. Je m'étais réveillé avec ses mains sur mon torse, ses lèvres dans mon cou, appelé corps et âme. Le désir qui m'avait électrisé était du même absolu. J'avais cherché sa bouche, innervé par la fougue incoercible des chevaux du plateau et un dernier crédo : lui et moi, encore, ensemble.

Nous avions fait l'amour les yeux grands ouverts, sans qu'il soit besoin de prouver quoi que ce soit à l'autre.

Et après, tout ce à quoi nous accordions de l'importance s'était effacé. Au-delà de la grotte, le monde et ses lois avaient cessé d'être. Et après l'Argentu aurait pu s'effondrer, ensevelir Gianni, Ogliano, les barons, les Carboni…

D'une certaine façon, c'est ce qu'il se passa.

28

Lorsque j'émergeai, Raffaele dormait, une jambe jetée en travers de la mienne. Notre intimité, son odeur de bois et de sel, le rythme profond de sa respiration me procurèrent une plénitude presque douloureuse, tant elle fut intense, tant je la savais destinée à mourir. Je fis durer l'instant qui précède le plein éveil, celui où la conscience lambine et rechigne à quitter le lit d'un rêve. La proximité de ce corps, inattendu, improbable, hier encore étranger, m'était devenue naturelle et vitale. La veine qui lui faisait une virgule sur la tempe gauche, la moue de sa bouche, l'angle volontaire de sa mâchoire, la petite tache de naissance sous sa clavicule, le duvet châtain qui dessinait une ligne droite jusqu'à son nombril… Je gravai ces détails dans ma mémoire. De matins comme celui-là, il n'y en aurait pas d'autres.

La veille, nous nous étions partagé le reste de nourriture, un quart de pain et une maigre portion de fromage. Si seulement j'avais prévu plus large. Si seulement Raffaele m'avait avoué ses sentiments dans la roseraie. Si seulement le vin lui avait insufflé suffisamment de courage. Si seulement je n'avais pas été aveuglé par Tessa. Si seulement, des milliards de fois, des milliards de choses…

Dans le regard ensommeillé de Raffaele, les mêmes ombres succédèrent aux émotions claires. “Encore un peu, Libero”, plaida-t-il en m’attrapant les cheveux pour m’embrasser. Nous avions repoussé l’inéluctable d’une demi-journée. Au moment de quitter notre campement, avant que je ne rallume ma lampe, nous restâmes quelques minutes front contre front, en nous tenant le visage sans pouvoir prononcer un mot.

Pour notre retour, j’avais évoqué avec Raffaele plusieurs itinéraires possibles. Nous avions opté pour celui qui filait plein ouest avant de repiquer vers la vallée via le défilé de la Fiumara. Ces gorges étaient inaccessibles à dos de mule. Le chemin serait ardu et plus long mais nous pouvions rejoindre Ogliano avant la nuit. En théorie. En théorie, je n’aurais pas dû aimer un homme, encore moins le fils d’un baron. Quelle que fût la route choisie, il nous faudrait traverser le plateau. Là, nous serions vulnérables. Plus nous approchions de la sortie, plus le problème m’apparaissait insoluble. J’avais beau le retourner en tous sens, aucun plan ne tiendrait face à un fusil.

Raffaele voulait croire que Gianni nous recherchait en aval ou qu’il était redescendu sur Ogliano pour toucher la rançon. “Après tout, personne ne sait que nous lui avons faussé compagnie. Ce n’est pas ce que tu ferais, toi ?” Je m’en étais tiré par une boutade. “Je me serais contenté de l’héritier des Delezio.” Raffaele avait ri doucement avant de conclure sur un ton attristé : “C’est donc comme ça que les gens me définissent…” Sa remarque avait fait écho aux paroles de ma mère. “Le nom de Solimane ne te suffit-il pas ?” L’obstination d’Argentina à taire ma filiation tenait peut-être à cette unique raison :

empêcher que l'on me réduise à celui qui m'avait engendré. La connaissant, elle devait être en train de sillonner les lignes de crêtes et de scruter les ravins en hurlant mon prénom. Elle n'abandonnerait pas avant de m'avoir retrouvé.

Dans le dernier couloir, à cinq cents mètres de la sortie, je décrétai une halte.

— J'ai réfléchi, dis-je en prenant Raffaele par les épaules, ce n'est pas une bonne idée d'y aller tous les deux. Laisse-moi d'abord faire un tour de reconnaissance.

Raffaele secoua la tête, l'expression butée.

— On n'a jamais parlé de ça, Libero.

J'effleurai la balafre de son avant-bras.

— Si Gianni est encore dans le coin, cette fois, il te loupera pas.

— Et pourquoi il t'épargnerait, toi ?

— Quel intérêt il aurait à me tuer si je lui fais croire que tu es déjà à Ogliano ?

Devant son air dubitatif, je soulevai mon tee-shirt.

— Je lui dirai que j'étais incapable de courir et que j'ai passé la nuit dans la grotte pendant que toi, tu filais. C'est après toi qu'il en a. Tu dois mourir. C'était dans le contrat dès le début, tu comprends ?

Il ne voulut rien entendre.

— Il sera fou de rage. Il est déjà fou de rage ! Tu m'as libéré ! Rappelle-toi Luca !

Faisait-il référence au moment où j'avais failli l'égorger ou au fait que Gianni l'avait abattu de sang-froid ? Je ne trouvai rien à rétorquer : son argument faisait mouche dans les deux cas.

— Personne ne va mourir pour moi, Libero. Surtout pas toi.

Je ne le voulais pas non plus. Mais il n'était pas question qu'une balle le fauche dans ce champ. À cette idée, j'eus l'impression qu'on m'essorait les tripes.

— Écoute, comme tu l'as dit, il y a de grandes chances qu'il ne soit plus dans les parages... Mais, même si tu te trompes, il ne me flinguera pas avant de m'avoir parlé, ne serait-ce que pour savoir où tu es. Et s'il pense que tu te caches ici, je suis la seule personne qui peut le conduire à toi...

— Il n'aura pas à te menacer, Libero. Si tu te fais prendre, je me livrerai.

Après un quart d'heure de tergiversations, j'obtins de Raffaele qu'il m'attende dans la coupole de l'entrée.

— Pas plus loin. Je veux entendre ce qu'il se passe dehors.

— Promets que tu ne sortiras pas tant que je ne viendrai pas te chercher.

— Si ce n'est pas toi qui entres dans cette grotte...

Il me caressa la joue sans rien promettre. Je sortis avec la sensation d'avoir des pierres dans le ventre.

L'herbe rase et drue, lessivée par la pluie, réverbérait la lumière d'un ciel sans scories. Les oiseaux piaillaient à tout-va et l'atmosphère était chargée de parfums frais. L'épisode orageux avait mis à mal l'hégémonie de l'été. La prairie semblait déserte. J'étais peut-être un idéaliste, mais je ne confondais pas espoir et réalité.

29

“Tu t’es enfin décidé, Libero.” La voix rogue de Gianni me cueillit dans le dos à vingt pas de la grotte. Il se détacha d’un renfoncement, fusil à l’épaule, un mégot collé aux lèvres. Il avait pris dix ans dans la nuit. Il ne s’agissait pas tant des repousses de barbe dont les ombres lui durcissaient les traits ou des cernes accusant la fatigue d’heures de veille. Non, c’était un affaissement de la bouche, un voile dans le regard, comme si on lui avait frotté les yeux au sable jusqu’à leur ôter tout éclat. La cruauté, la colère n’y avaient pas survécu. Ne subsistait que ce fatalisme qui prenait les gens d’ici comme une mauvaise fièvre pour les dévorer à petit feu, les flétrissait, rendant hasardeuse l’estimation d’un âge. Elle salissait les visages des enfants d’une gravité et d’une rudesse précoces. Certains naissaient vieux, d’autres le devenaient après un revers de trop. Pour Gianni, le processus s’était accéléré de manière brutale. J’étais à sa merci, pourtant il exsudait la défaite. Je ne sus si je devais m’en réjouir ou m’en alarmer.

— Tu l’as planqué où ?

Je désignai l’ouest en exhibant mes ecchymoses.

— Je lui ai dit de continuer sans moi et d’aller chercher du secours. S’il n’est pas arrivé à Ogliano, il ne doit plus en être très loin.

Le vent, en tournant, porta une rumeur diffuse dans laquelle je crus discerner un aboiement. Je mis cela sur le compte de l'autosuggestion. Je n'avais pas fait le deuil de Lazare. Gianni jeta sa cigarette et en alluma une autre. Il me fixa en faisant jaillir la flamme et je me fis violence pour ne pas baisser les yeux. Mentir ne m'était pas naturel.

— Côtes cassées, tu t'en remettras. Il frappait fort, l'ordure…

Je hochai la tête, décontenancé par l'étrange tournure que prenait notre confrontation.

— Donc, le fils Delezio t'a laissé en plan… Quand tu as besoin de rien, tu peux toujours t'adresser à un baron…

— Il t'a fait quoi, pour que tu veuilles le tuer ?

— Lui ? Rien, dit-il en haussant les épaules. Mais après ce coup, j'avais l'intention de revenir vivre à Ogliano…

Je notai qu'il parlait au passé mais je ne comprenais toujours pas la finalité de ses actes. S'agissait-il seulement d'argent ou aussi d'un compte à régler avec le vieux Delezio ?

— Pas de témoin, pas de problème, ajouta-t-il sur un ton acerbe et sans équivoque.

— Tu regrettes de ne pas m'avoir tiré dessus ou de m'avoir raté quand je m'enfuyais ?

Il éjecta bruyamment la fumée dans ma direction et tapota la crosse de son fusil.

— Je suis toujours à temps, lâcha-t-il tout bas.

Je comptai les secondes qui s'écoulèrent en priant pour que Raffaele n'ait rien saisi de sa dernière remarque. Gianni pencha la tête, fit crisser sa barbe et se remit à parler comme s'il réfléchissait à voix haute.

— Si je m'étais débarrassé de toi tout de suite, comme le voulait Luca, j'aurais pu au moins finir le travail avec le fils Delezio… Mais au final, pour moi je veux dire, ça revenait au même… À partir du moment où tu as mis ton nez dans mes affaires… Je regrette que tu nous aies suivis, je regrette que tu aies refusé de la boucler… Parce que le seul moyen d'en sortir, il était là, à ce moment-là. Et il dépendait de toi… De toi, putain !

J'avais ouvert la bouche, prêt à le contredire. Si lui aussi l'avait voulu, la situation n'aurait pas dégénéré. Pourtant je me tus.

— Je te l'ai déjà dit, Libero : tu étais la dernière personne que j'avais envie d'avoir en travers de ma route. Mais qu'est-ce qu'on y peut, maintenant ? Pour le reste, j'ai eu le temps de bien y penser et de solution, il n'y en a pas. Alors, vu comment ça va se finir, je préfère ne pas avoir ta mort sur la conscience.

Ma confusion lui arracha un sourire amer.

— Si tu m'avais attaqué, comme ton chien.. Qui sait ? Et peut-être que toi aussi… Mais comme j'ai tué Luca, non.

— Pourquoi lui ? Pourquoi tu t'es associé à ce type ?

— Pour lui faire porter le chapeau. J'aurais fait disparaître son corps et tout le monde aurait pensé qu'il avait déguerpi à l'autre bout du monde pour dépenser son fric. Mon oncle, Luca, c'est dans mes cordes… Après ce que j'ai vu et enduré, c'était juste. Facile aussi.

Autant que de trancher une carotide, je le crus sur parole. Cela pouvait même procurer une décharge brute et animale proche de la jouissance.

— Et le fils du baron ?

Il grogna.

— Tu me fais chier avec le fils du baron ! Tu vaux bien plus que lui, tu comprends ? Lui, j'aurais fait ça proprement… Mais toi… Tu l'as pensé, Libero ? Tu crois que j'aurais pu te faire ce que j'ai fait à Luca ? Quel genre d'homme tuerait son seul ami comme une bête ?

Ma gorge se serra. L'idée folle me traversa l'esprit que rien n'était joué. Luca pouvait endosser le rôle du salaud et Gianni s'en tirer sans être obligé de prendre le maquis. Il suffisait de convaincre Raffaele de passer l'éponge, d'obtenir de Gianni sa parole d'homme qu'il ne toucherait plus à un cheveu du fils du baron. Le pardon était encore possible. Cette fois, je prenais mes désirs pour la réalité. Dans l'Argentu, le seul pardon qui vaille sort de la bouche d'un fusil.

La paluche de Gianni m'accrocha l'épaule.

— Putain, Libero, je sais à quoi tu penses. T'as pas changé… J'étais sûr que t'allais entrer dans ces grottes maudites. Je l'espérais, parce qu'il fallait que je te parle. Même si je le voulais, cette histoire ne pourrait pas rester entre nous. Parce que cette histoire, elle est pas qu'entre nous. Tu les entends ?

La main à l'oreille, il pivota vers la vallée. Ce n'était pas un effet de mon imagination. Des plaintes rauques et excitées nous parvenaient, plus ou moins intenses, suivant la direction de la brise. Mais elles étaient identifiables, familières. Des chiens. En meute. On organisait une battue. Je pensai à ma mère, aux carabiniers, aux complices de Gianni, au baron. Là encore, je fus incapable de trancher entre la peur et l'espoir. Gianni, lui, avait fait son choix.

— Ils seront là dans moins de vingt minutes.

— Qui ?

— Tu le sauras bien assez tôt.

Il fouilla dans sa poche et me tendit le carnet dans lequel je l'avais vu écrire ou dessiner lorsque nous étions ses prisonniers.

— Tu le donneras à ma mère. Mme Argentina et toi, vous ne la laisserez pas tomber…

— Qu'est-ce que… Non, Gianni ! On va trouver un moyen… Je suis prêt à dire que tu as descendu Luca pour nous venir en aide…

Gianni me serra le poignet si fort que je le crus pris dans un étau.

— Toi, peut-être. Mais lui, en bas, il est déjà en train de raconter une autre histoire. Et puis même, tout le monde n'avalera pas ces salades. Maintenant, écoute-moi. Je veux pas qu'on me laisse ici, Libero. Fais en sorte qu'on me ramène, je veux être enterré. À côté de mon père, sinon, ma mère n'y survivra pas.

Il rajusta la bandoulière de son fusil et se mit à courir vers la Fiumara. Je restai stupéfait au milieu de la prairie.

30

Quand je repris mes esprits, Gianni était parvenu à l'endroit où le contrefort s'infléchissait en pente douce avant de mourir un kilomètre plus loin, là où jaillissait la source de la Fiumara. Pourquoi semblait-il si sûr que les dés étaient jetés ? Qui guidait ces chiens ? Devions-nous nous en inquiéter ? Ces questions stériles se doublaient d'un terrible pressentiment : je n'aurais pas dû mentir au sujet de Raffaele.

— Je ne savais pas qu'on pouvait tuer proprement…

Raffaele se tenait derrière moi. Comme d'habitude, je ne l'avais pas entendu approcher. La silhouette de mon ami d'enfance n'était plus qu'une forme dansante, tout juste à portée de voix. Si j'avais cherché à fuir, j'aurais pris la tangente pour rejoindre les hauteurs et disparaître par l'une des innombrables déchirures au nord ou à l'est. Gianni, lui, s'obstinait à courir en ligne droite.

— Il y a autre chose, Raffaele. Autre chose qu'il n'a pas voulu me dire. Entre ton père et lui. Et aussi à mon sujet…

— Si c'est important pour toi et s'il accepte de s'expliquer, je veux bien tirer un trait sur tout.

Les bras de Raffaele m'entourèrent et sa joue vint râper la mienne. Inconsciemment je me raidis, scannai les alentours, notai les jappements qui forcissaient. Leur tonalité gutturale me glaça l'échine. Je détestai la peur qui s'empara de moi et plus encore la pensée qui l'avait fait germer. Que l'on nous surprenne et nous deviendrions objets de risée ou de dégoût. Sur ces terres où la démonstration de force constituait le meilleur gage de survie, on ne plaisantait pas avec la virilité. Deux hommes qui s'aimaient valaient moins qu'un bouc sans couilles. Raffaele se détacha pour me faire face. Son regard chaud et franc m'alla droit au cœur. La tristesse que j'y décelai y ficha sa pointe empoisonnée. Il avait compris.

— Vas-y, Libero. Essaye au moins.

À mon interrogation muette, il répondit d'un hochement de tête volontaire. Je résistai à l'envie de le serrer contre moi et partis au petit trot en hélant Gianni.

"Personne ne sait à Ogliano ! Raffaele est ici ! On peut régler ça ensemble, reviens !", je déclinai ce message de toutes les façons possibles, hurlai comme un forcené en me tenant les côtes. Sans effet. Non seulement Gianni ne ralentissait pas l'allure mais il fonçait à découvert vers la direction d'où montaient les clameurs. C'est alors qu'un premier chien déboula sur le plateau en s'égosillant. Gianni s'arrêta. Sans se retourner, il me cria de décamper. Puis il épaula son fusil. Le coup partit, mes jambes flageolèrent. Lazare et Luca moururent à nouveau sous mes yeux. Ma voix dérailla. Trois nouveaux chiens apparurent, suivis de près par un groupe de cavaliers montés sur des chevaux au poitrail luisant de sueur, semblables à ceux que nous avions croisés la veille. Ils se déployèrent en éventail et je reconnus ma mère au foulard rouge qui lui enveloppait les cheveux. J'en éprouvai un soulagement instantané. Elle seule pouvait mettre un terme à cette folie. L'Argentu possédait ses lois propres, il avait aussi ses tabous. On ne touche pas aux enfants. On ne tire pas sur une femme. Encore moins s'il s'agit de sa maîtresse d'école.

Ma mère leva le bras en signe d'apaisement. Ses compagnons retinrent leurs montures et rappelèrent les chiens tandis qu'elle continuait d'avancer au pas. Gianni conserva son canon pointé vers elle, le doigt posé sur la queue de détente. Il ne vit pas les deux hommes à pied qui surgirent dans son dos, entre lui et moi. Le "non" vibrant lancé par ma mère se confondit dans une double détonation dont les vallées répercutèrent l'écho lugubre. Je crus que Gianni avait commis l'impensable et un haut-le-cœur me souleva presque de terre, m'embrasant les flancs. Puis mon ami tomba. Ma mère éperonna son cheval en poussant un cri rageur.

Gianni était étendu, la tête sur les cuisses de ma mère qui le berçait en lui prodiguant des paroles de réconfort, comme elle l'avait si souvent fait avec moi les nuits de fièvre. Il eût fallu des formules magiques pour stopper l'hémorragie et réparer les deux trous qui lui perforaient la poitrine. Je m'agenouillai et y apposai ma paume dans un réflexe inutile. Gianni croyait à la sorcellerie. Moi pas.

— Je ne vous aurais pas fait de mal, madame Argentina.

Malgré sa respiration chuintante, Gianni avait retrouvé ses intonations de petit garçon. Étrangement, son visage semblait apaisé. Celui de ma mère était marqué, défait.

— Je sais mon petit, je sais. Ne t'inquiète pas.

Le regard voilé de Gianni se tourna vers moi.

— Tu n'oublieras pas, le carnet, ma mère…

Il toussa.

— L'enterrement. Jure-moi, Libero.

J'accentuai la pression de ma paume, dans une tentative aussi irrationnelle que désespérée.

— Je te le jure. Reste tranquille, maintenant. On va te redescendre à Ogliano…

— Madame Argentina ?

— Je t'écoute, Gianni. Je suis là.

— Dario. Qu'il laisse ma mère tranquille. Vous pouvez faire ça pour moi ?

— Je te le garantis, dit-elle d'une voix blanche. Sur ce que j'ai de plus cher…

Elle me fixa et ses yeux noirs exprimèrent un amour immense et autant de culpabilité. Je me détournai d'elle. Le flot du sang se tarissait. Sa tiédeur visqueuse me donna soudain la nausée.

— Alors, tu l'avais planqué, hein ? lâcha Gianni dans un râle.

— Je suis désolé, j'aurais dû te le dire tout de suite…

— Rien ne se passe comme prévu. J'espère seulement qu'il en valait la peine…

Il tenta de parler mais un gargouillis s'échappa de sa gorge. Je compris simplement ces derniers mots : "pour elle". Les paupières de Gianni se fermèrent. Son cœur sous ma main cessa de battre. Je retins mes larmes. De la colère pour les brûler il m'en vint assez pour transformer en charbon les forêts de l'Argentu.

Je relevai la tête. Raffaele était planté à deux mètres de nous. Il était livide et son expression implorait le pardon. Pourtant, il n'avait commis aucune faute, sauf de naître fils de baron. Ce n'était pas le cas du salaud non loin de lui, autour duquel des hommes en armes faisaient cercle. Un chef de guerre. L'inconnu du cimetière à l'enterrement de Lenzani. Celui qui avait abattu Gianni dans le dos. Dario… Il n'y avait qu'une seule explication plausible à sa présence aux côtés de ma mère, au fait qu'elle était seule à ne pas le craindre, aux remords qui la consumaient, au long regard qu'ils échangèrent. J'avais un père et je lui ressemblais. J'avais un nom : Carboni.

31

DARIO

Je le connais ce regard. J'avais huit ans le jour où moi aussi j'ai regardé mon père de cette façon. Je venais de comprendre ce qu'il faisait vraiment. Et ce que ça impliquait. C'était un soir d'août, peu de temps après notre déménagement dans la nouvelle maison qu'il avait fait construire en plein cœur de Silano. J'aimais mieux celle d'avant, ses murs blanchis à la chaux, ses planchers qui grinçaient, ses odeurs de fruits et de cire, sa minuscule terrasse ouverte sur la "rue droite", la pergola recouverte de glycine et les citronniers du jardinet à l'arrière… La nouvelle était trop grande. Mon père avait racheté et rasé un pâté de maisons pour la faire sortir de terre. Il en était fier. Ma mère passait des journées entières le nez dans des catalogues de papiers peints aux couleurs criardes. J'avais détesté tout ce cirque et cette baraque dès le commencement. Une monstruosité en béton, sans âme, avec des fenêtres étroites, des murs trop larges et trop lisses. Son parc était délimité par une enceinte haute comme deux hommes. Il était nu. Le soleil n'y entrait qu'à midi. "Je veux de la visibilité. Pas d'arbres, trop dangereux", avait déclaré mon père au paysagiste venu prendre ses instructions. Je ne voyais pas en quoi un arbre pouvait être dangereux… J'étais naïf.

Ce soir-là, je n'arrivais pas à dormir. Le lit tout neuf, les odeurs de peinture, la chaleur… Je m'étais levé pour boire et j'avais été attiré par des voix au rez-de-chaussée. Ma mère et mes sœurs étaient couchées ainsi que mon petit frère. Pas mon frère aîné. Une réunion d'hommes se tenait dans la salle à manger et il en était. Des oncles et des cousins y assistaient, plus des employés de mon père, des types qui venaient souvent le soir et que je n'aimais pas. Je les avais observés par l'entrebâillement de la porte. Je ne voyais qu'une partie de la tablée, mais j'entendais tout. Il avait d'abord été question d'argent. Combien avait rapporté la dernière livraison de cigarettes ? Et la "redevance" ? Et les contrats de marchés publics ? Puis ils avaient discuté du cas Greco et pas à mots couverts. Très vite, ils étaient tombés d'accord. Le bonhomme se répandait en imprécations contre les Carboni et refusait de payer : il était devenu ingérable. Ce n'était bon ni pour les affaires ni pour la réputation de la famille. En un tour de table, la sentence avait été votée à l'unanimité. Mon frère Ennio, quatorze ans, s'était proposé de "faire le travail". Mon père l'avait remercié en déclinant l'offre. "Il m'a offensé personnellement, c'est à moi de régler le problème. Ton tour viendra, Ennio." Greco était un petit entrepreneur de travaux publics et un magouilleur notoire. Je connaissais son fils de vue. Nous allions à la même école. Une semaine plus tard, Greco était mort. La photo de sa fourgonnette criblée de balles était dans le journal. Mon père et tous les membres de la famille, dont moi, avions assisté aux obsèques. Je n'arrivais pas à détacher les yeux de mon père. Il en imposait dans son costume sombre. Quand il était entré dans l'église, on aurait dit Moïse fendant les eaux. Je n'en revenais pas. Comment pouvait-il bénir le cercueil d'un homme qu'il avait assassiné

de ses propres mains ? Au sortir de la messe, il m'avait interpellé. "Pourquoi tu me regardes comme ça, fils ?" J'avais fait celui qui ne comprenait pas. "Et comment je te regarde ?" Il s'était baissé pour se mettre à ma hauteur et m'avait murmuré à l'oreille. "Tu sais que je t'aime, Dario, et que tout ce que je fais, c'est uniquement pour le bien de la famille ?" Je lui avais répondu que ce n'était pas la peine qu'il se donne autant de mal. Il m'avait ébouriffé les cheveux. "Nous en reparlerons." Mais nous n'en avions pas reparlé. Quelques jours plus tard, j'avais insisté auprès de ma mère pour être admis en pension. "Mais c'est quoi cette lubie ? Tu n'es pas bien, ici ? Tu m'abandonnerais ?" m'avait-elle demandé en essuyant une larme comme si je l'avais reniée. "Je ne veux pas tuer pour la famille." Elle m'avait collé la main sur la bouche en m'intimant l'ordre de me taire et de ne plus proférer de telles paroles. Puis elle m'avait serré très fort dans ses bras. J'aimais mon père et ma mère. J'aimais mes frères et mes sœurs. Mais j'avais été soulagé de quitter Silano.

Ma mère rapporta-t-elle notre conversation à mon père dans son intégralité ? Je suppose que oui car à la rentrée, je rejoignais l'internat. Et plus tard, quand j'eus atteint l'âge fatidique, il ne me demanda pas d'assister aux "réunions du soir". Il devait se dire qu'avec Ennio, la relève était assurée. C'est au début de l'été de ma troisième année à l'école vétérinaire que j'ai fait la connaissance d'Argentina. Nous nous sommes rencontrés sur le plateau de l'Argentu. Ici même. J'y montais tous les deux jours pour surveiller le troupeau de chevaux de mon père. Je passais le moins de temps possible dans la maison de Silano. Au début, j'avais trouvé cette excuse pour échapper au huis clos familial. Et puis, je me suis pris de passion pour ces petits chevaux infatigables et courageux qui sont les vrais seigneurs de ces montagnes. Ils étaient le dernier lien avec mon père et notre seul sujet de conversation. Quant à Ennio, nous étions devenus des étrangers. Maintenant que j'y pense, il n'était pas si différent de Gianni…

Je suis tombé amoureux d'elle au premier regard. Et elle aussi. Dit comme ça, c'est tellement commun… Mais quand cette chose-là te prend, elle t'extirpe l'âme et tu as l'impression que le monde vient d'exploser, que ses pôles se sont inversés. C'est ce qui s'est produit.

Une pouliche sur le point de mettre bas manquait à l'appel. J'avais fini par la localiser à ses hennissements de détresse. Elle s'était réfugiée dans l'entrée de la grotte des Fées. Le travail se présentait mal. Argentina est apparue. L'espace d'un instant je me suis demandé si les légendes ne disaient pas vrai. Elle est venue me prêter main-forte. "Une jument, ça doit pas être bien différent d'une chèvre, non ?" Elle connaissait des gestes que lui avait transmis son père et qui nous ont permis de sauver la mère et son petit. Le poulain, elle a tenu à le baptiser. "Il s'appellera Libero. Promets que tu ne le dresseras pas, que tu lui laisseras vivre sa vie dans ces montagnes." J'ai promis. Je ne lui ai jamais rien refusé. Sauf une chose. Peut-être la plus importante. Mais cette saloperie de monde a continué de tourner, et l'est était toujours à l'est…

Elle savait de qui j'étais le fils. Personne dans la région ne pouvait l'ignorer. Tout le monde savait également que je n'étais pas "aux affaires". Ce fameux été, il y a un peu plus de dix-huit ans, je l'ai retrouvée tous les jours dans l'Argentu. Nous y avons passé plusieurs nuits. C'est à ce moment-là que tu as été conçu, fils.

Nous voulions nous marier, nous installer à Ogliano… Un matin, quand je suis redescendu à Silano, nos projets ont volé en éclats. Les lamentations de ma mère s'entendaient depuis la rue. C'est après que j'ai vu les voitures des carabiniers. Le fils Greco avait grandi. Lui aussi, il attendait son heure… Mon père était mort, le chauffeur bien sûr, ainsi que ma plus jeune sœur qui avait insisté pour l'accompagner lors d'une visite de chantier. Ennio était entre la vie et la mort. Sur le parebrise de la voiture, il y avait la coupure de journal avec la photo de la fourgonnette de Greco et un papier avec ces mots : "Tous, jusqu'au dernier." À l'intérieur de l'habitacle, c'était un vrai carnage… Tant de sang… Le corps de ma petite sœur Lucia avait été déchiqueté, elle était méconnaissable. Le fils Greco, lui, il avait pris le large. Quand ma mère n'a plus eu de larmes, elle m'a demandé de la rejoindre dans la cuisine et elle a refermé la porte. "Si tu ne reprends pas les choses en main, avant la fête de la Madone, on est tous morts. Tu as vu le message, n'est-ce pas ? Il ne commettra pas l'erreur de ton père. Ta sœur, Dario ! Ces démons n'ont aucune limite. Pour tous ceux qui te sont chers, je t'en conjure ! Le temps qu'Ennio se remette, protège les tiens et élimine cette sale vermine." Le soir même, je présidais ma première réunion. "Tous ceux qui te sont chers." Tu en faisais déjà partie, fils. J'ai été implacable et efficace. Bien au-delà de ce que la plupart escomptaient. J'ai remis nos troupes en ordre de bataille. Et pour protéger Argentina, j'ai accepté de la perdre. "Je t'aime, Dario, mais je ne serai pas la femme d'un chef de clan. Quand tu auras décidé de rompre avec cette violence, tu pourras me revenir." Ennio n'est jamais sorti du coma. J'ai continué à tenir cette merde à bout de bras en respectant les volontés de ta mère. Pour vous protéger, j'ai accepté de ne pas faire partie de votre vie. Pour vous protéger, j'ai fait en sorte qu'Ogliano devienne terre sacrée. Aucun chantage, aucune extorsion, aucun enlèvement ne devait y être commis sous peine de mort. J'ai nettoyé ce village plus proprement qu'un détachement de carabiniers. Et pour m'assurer que personne n'enfreindrait ces règles et veiller sur vous de plus près, j'ai choisi le meilleur des chiens de garde, obéissant et sans un gramme de morale : Lenzani. Il a été rétribué à la hauteur de ses services. Des Greco, il en reste peut-être un. On me promet qu'il n'a pas survécu à la fusillade dans un hôtel de la côte, il y a six ans, qu'il est mort seul comme un chien dans ces montagnes. Mais d'avis de décès, il n'y en a pas eu. Et s'il a réussi à s'enfuir et à se cacher, c'est qu'on l'y a aidé. Les amis de mes ennemis sont mes ennemis. Tant que je n'aurai pas touché leurs cadavres…

Je t'ai souvent observé à la jumelle quand tu te promenais dans les montagnes. Et je t'ai vu faire de même à l'enterrement de Lenzani. Cette histoire, c'est ma seule erreur en dix-huit ans. Gianni m'avait juré qu'il n'était pour rien dans la mort de son oncle. J'étais convaincu du contraire, ce qui signifiait qu'il avait passé la ligne rouge. J'ai été faible car il était ton ami. Après la cérémonie, je lui ai proposé de reprendre la charge de son oncle en étant clair sur les conditions. Il n'y aurait pas de seconde chance. Il a accepté et nous nous sommes serré la main… J'aurais mieux fait de la lui couper.

Je vis dans un blockhaus. Seul. D'amour je n'en ai qu'un et il m'est interdit. Quand on prend un commandement tel que le mien, on ne saute pas du train en marche. D'ailleurs, je ne le souhaite pas, ce serait faillir à mon devoir. Plus je suis puissant, mieux je peux garantir votre sécurité. En m'effaçant, j'ai exigé d'Argentina une unique contrepartie : qu'elle me contacte si vous aviez des ennuis. Quels qu'ils soient. Je savais

qu'il se tramait quelque chose de louche avec le baron. Son banquier m'avait prévenu qu'il était en train de réunir une somme importante… Quand j'ai reçu l'appel paniqué de ta mère, j'ai additionné deux et deux. Je suis parfaitement au courant de la manière dont mon père a démarré son business.

Je suis là pour faire ce qui doit être fait, pas pour être aimé. Gianni aurait dû mourir quatre fois. Pour ce qu'il a fait à son oncle en dépit des règles que j'avais édictées. Parce qu'il avait manqué à sa parole en enlevant le fils du baron. Pour avoir mis ta vie en danger au lieu de te protéger. Pour avoir pointé son fusil sur ta mère. Si j'avais toléré ça, qui m'aurait respecté ?

Alors, oui, ton regard, je le connais et je le comprends. J'ai regardé mon père de la même façon lorsque je n'étais qu'un petit garçon. Et aujourd'hui je pourrais te dire comme lui. "Je t'aime, Libero. Tout ce que j'ai fait, c'était pour le bien de la famille."

32

Le fusil de Gianni était posé dans l'herbe. Il restait une balle engagée. Mes frustrations, mes colères passées et présentes fusionnèrent en un magma bouillonnant. Mon monde se disloqua, emportant, avec l'image du père, le seul point de repère que je tenais pour acquis. Qui es-tu, maman ? grinça une voix intérieure. Tout s'embrasa. Le chœur dissonant des mensonges éhontés de ma mère me déchira les oreilles. Combien de fois lui avais-je posé la question fatidique ? Combien de fois m'avait-elle regardé en face en me soutenant qu'il était mort, que cela ne revêtait pas d'importance ? "Ogliano n'existe pas… Nous ne comptons pas pour eux." Comment avait-elle osé ? Enfin, je pouvais mettre un visage sur l'objet de ma détestation et quel visage ! "L'ogre de Silano" ! Celui qui avait mangé les uns après les autres opposants et concurrents. Comment avait-elle pu s'allonger sous ce salaud ? Le cimetière d'Ogliano n'aurait pas suffi à loger les victimes qu'il avait semées sur son passage. Refroidies sur ordre ou fumées de sa main. Comme Gianni. Il ne lui avait pas laissé l'ombre d'une chance. Aligné sans sommation. Était-ce le prix à payer pour avoir failli à sa mission et laissé échapper le fils du baron ou pour avoir mis ma mère en joue ? Il n'aurait pas tiré ! grondai-je. Il n'aurait pas tiré et Argentina le savait. Elle l'avait hurlé. Mais personne n'avait jamais arrêté le bras de Dario Carboni. Alors, une femme… Et cet imbécile borné de Gianni ! "Tu le sauras bien assez tôt." Pourquoi, sachant qui venait à sa rencontre, avoir mis tant d'ardeur à courir au-devant de sa fin ? S'il m'avait écouté, attendu… J'aurais fait écran, je l'aurais protégé… Mais non ! Cet entêté avait cessé d'y croire. Il était monté sur l'échafaud avec le feu au cul ! Le bourreau avait rempli son office et ce bourreau était mon père. Ça pèse lourd un ami d'enfance. Deux fois, je portais sa mort sur la conscience.

La crosse était tiède, son contact sensuel. J'en avais eu des fourmillements au bout des doigts. L'impulsion possédait l'attrait du diable. Aussi captivante et calorifère que les premières flammes d'un feu de camp par ces journées d'hiver où l'air est si mordant qu'il peut briser net les branches des arbres. J'avais l'arme en main. Son bois était lustré, un peu gras. J'étais bon tireur, mon grand-père y avait veillé. "Un jour, il se pourrait que tu aies faim. S'il ne te reste qu'une balle, autant qu'elle aille au but. Et puis les cartouches sont chères…" Était-ce pour un matin comme celui-ci ? Pour la faim de vengeance qui me tenaillait ? Qui m'aurait jeté la première pierre ? Dario Carboni devisait avec son acolyte. J'imaginai sa tête explosant sous l'impact avec un bruit de verre. Facile à cette distance. Mérité. Des dizaines de fois, oui. Pour chaque vie volée avant l'heure. Jouissif. Oh oui ! Des milliards de fois, oui !

Dans l'instant.

J'entendis craquer le front de Luca. Je sentis la caresse de la voix de Raffaele. Le chant d'amour d'Antigone vibra en moi. Celui qui naît d'une poule gratte la terre, disaient les paysans d'ici. De ce sang qui coulait dans mes veines et qui appelait toujours plus de sang, je ne voulais pas. J'avais appris de Luca, de Gianni, de Raffaele… Et surtout de moi-même. Ma soif de justice méritait mieux que ce simulacre. "Je suis de toi, mais je ne suis pas comme toi", dis-je à voix haute en relâchant le fusil.

Devant la dépouille de mon compagnon d'enfance dont Argentina ferma les yeux avant de recouvrir le visage de son foulard, je compris ce qu'avait été le chemin de mon grand-père. Mieux. Je visualisai le mien. L'assassin dans mon dos ne m'était rien. Je ne lui devais rien. Pas même ma haine. L'affronter eût fait de moi son fils. Je lui opposai mon indifférence. Voilà comment je tuai le père. Je me sentis aussitôt allégé du ressentiment qui m'habitait depuis que j'avais éprouvé son absence. À cette délivrance, je devins Solimane et seulement Solimane.

Mes mains souillées pendaient, inutiles. "Que personne ne le touche", avais-je dit à ma mère en me dirigeant vers la source de la Fiumara. L'avertissement ne s'adressait pas à elle. Dans le ru à l'état de promesse, le courant sculptait des torsades d'argent. Le sang de Gianni s'étira en volutes paresseuses. Quand l'onde retrouva sa transparence, la somme de toutes mes peines me submergea. Je pleurai. Sur l'absurde, l'injuste, l'irréparable, l'éphémère, l'amitié, l'amour, l'impossible… Et pour chaque sang versé en vain et lavé dans l'Argentu. Je regardai mes mains à présent rougies par le froid. Dans ma paume sourdait une pulsation fantôme. Comme si l'ultime sursaut de vie de Gianni s'y était imprimé. Elles auraient pu le retenir, l'empêcher de s'éteindre… Si elles avaient su quoi faire.

Je m'aspergeai le visage et me redressai avec la sensation que la montagne me plombait les épaules. Sur ma gauche, un épervier glapit en virant de bord pour plonger vers le canyon. Son ombre agile glissa comme un velours sur les grands rochers plats. La lumière oblique dorait les arêtes des rocs. La beauté brute et intemporelle de la scène me fit mal. Les occupants du Mausolée avaient contemplé les mêmes paysages cruels, grandioses. Ma détestation de ce pays venait de ce que je le portais dans les tripes.

En revenant sur mes pas, je croisai la cavalerie des Carboni sur le départ. La chasse était finie et l'ambiance était à la plaisanterie. Parvenus à ma hauteur, les rires se turent, des têtes ébauchèrent une révérence. Le mercenaire à la clope, devant la maison de Gianni, se fendit d'un signe du menton auquel je ne répondis pas. Qu'ils fussent ou non initiés au secret de ma naissance, ils me prêtèrent allégeance à leur manière. En crapules rompues à louvoyer entre Charybde et Scylla, ils avaient deviné que je bénéficiais d'un statut hors du commun. Je n'avais que faire des hommages ou de la déférence d'individus de la trempe de Lenzani.

Je rejoignis Raffaele, posté en bordure de prairie, à quelques mètres du corps de Gianni que la mort avait déjà rétréci. Ma mère et Dario s'étaient repliés dans l'ombre du contrefort où ils avaient attaché leurs chevaux. Elle parlait. Ses gestes secs et sa posture raide trahissaient une fureur contenue.

Il écoutait. Plusieurs fois, elle lui ficha l'index dans le sternum comme si elle avait voulu le transpercer. Plusieurs fois, il secoua la tête en écartant les bras. Plaidait-il l'innocence ? L'homicide involontaire ? Implorait-il la clémence ? Quelle que fût sa ligne de défense, la scène ne présentait pas d'ambiguïté : le mafieux qui régnait sans partage sur la région se faisait remonter les bretelles. Si la situation ne tournait pas à son avantage, le charisme de Dario était palpable. Dans sa façon lente de se mouvoir autour d'elle, d'incliner son corps en usant de sa stature, il dégageait l'assurance crâne de ceux qui se font obéir sur un claquement de doigts. Argentina ne s'en laissait pas conter. Il tenta de lui effleurer la joue, mais elle se déroba. Il lui emprisonna la main, la tint serrée un long moment contre son cœur. Puis il lui embrassa le bout des doigts et la libéra. Je vis ma mère vaciller. Sa rage n'avait pas éteint la passion. Il ne s'agissait même que de cela.

— Il doit y avoir des choses en lui que nous ne voyons pas, glissa Raffaele en me tenant l'épaule.

Ma mère aimait un assassin, voilà ce qui me sautait aux yeux. J'en étais malade.

Un don Juan, un homme marié, un violeur, j'avais échafaudé bien des scénarios au sujet de mon géniteur, mais le *capo* des Carboni… Son système de référence se situait aux antipodes des valeurs professées par ma mère, il personnifiait cette violence à laquelle elle avait fermé les portes de son école. Qu'il ait réussi à l'approcher était en soi invraisemblable. Qu'il l'ait séduite pouvait à la rigueur être mis sur le compte d'un égarement passager. Mais qu'elle se fût attachée à lui… Il m'était impossible de le concevoir.

— Des fils, marmonna Raffaele. *"Ils les engendrent dans leur maison pour qu'ils obéissent, qu'ils sachent venger leur père de leurs ennemis**. "

— Qu'est-ce que tu veux dire ?

— On dit que Dario a repris les rênes après l'assassinat de son père et de sa sœur… Avant de devenir tout entier le fils de son père, il était sans doute un autre homme.

— Je me fous de ce qu'il était avant ! On va redescendre Gianni à Ogliano et après, j'irai livrer le nom de son meurtrier aux carabiniers.

— Oui. Il doit payer. Mais moi, je voudrais savoir comment et pourquoi on devient Dario, comment et pourquoi on fait le choix de Gianni. Les Dario et les Gianni ne se fabriquent pas tous seuls.

Comment la souche pourrie des Delezio avait pu engendrer une âme à ce point pétrie d'humanité et de droiture que celle de Raffaele relevait du mystère absolu. Le fils du baron était la preuve que nous valions plus que les errements de nos pères. Nous avions même le devoir de mieux faire.

— S'ils arrivent à lui mettre la main dessus, il fera appel à un ténor du barreau, je ne me fais pas de souci.

Pour ma mère, en revanche, j'étais inquiet. Elle se tordait nerveusement les doigts en regardant dans ma direction. Avec ses cheveux libres et en bataille, elle me fit penser à Herminia. Dario venait d'enfourcher son cheval. L'animal se cabra avant de pivoter sur lui-même. À la voix, Dario le mit au pas et avança vers nous. Raffaele m'agrippa le poignet.

— S'il te provoque, ne réagis pas.

* *Antigone*. Troisième épisode, Créon à son fils Hémon.

— Je ne lui ferai pas ce plaisir.

J'étais curieux. Qui allait parler ? Lequel des deux indignes, Carboni ou le père ? Et que pouvait-on dire à son fils quand on le croisait pour la première fois dix-huit ans après sa naissance et dans de telles circonstances ? Si j'avais fait une croix sur mon ascendance paternelle, j'étais impatient de me faire une idée du genre d'homme qui avait eu raison des principes d'Argentina. Nous nous dévisageâmes. J'avais son implantation de cheveux et ses sourcils épais et arqués. Sa bouche généreuse. Le même sourire fautif. Celui qui me creusait une fossette sur la joue gauche, "la coupable" d'après ma mère. Car il me souriait, bien que ses yeux fussent graves et tristes.

— Je regrette que ça ne se soit pas passé autrement. Pour tout. Vis ta vie, Libero. Et surtout, ne déçois pas ta mère.

Dario Carboni lança un cri strident et disparut de mon existence au grand galop.

33

Les mules de Gianni étaient parquées dans une petite aire close de barrières rudimentaires faites de branchages. Les pisteurs des Carboni les avaient repérées avant de conduire la troupe jusqu'à la ravine où nous avions été retenus. Les chiens avaient suivi mes traces depuis Ogliano en reniflant la chemise que je portais le soir de la fête. En découvrant Luca, Argentina avait craint de ramener mon cadavre. Ma mère délivra ces premières explications d'une voix atone. Son visage était gris de fatigue. Je n'eus pas le cœur d'exiger d'elle davantage d'explications. Raffaele lui fit le récit des principaux événements depuis son enlèvement dans la roseraie jusqu'à notre repli dans la grotte des Fées. Là, ses yeux s'humidifièrent et elle se détourna. Mais elle ne pleura pas. Argentina en aurait remontré à bien des hommes.

Après ces échanges sommaires, chargés de non-dits, j'avais enveloppé le corps de mon ami d'un manteau de peau trouvé dans la sacoche de sa mule et qui avait dû faire usage de tente ou de matelas lorsqu'il suivait les "campagnes" de son oncle. Ma mère et Raffaele l'avaient hissé sur le bât, car j'en étais incapable. Ils s'y étaient repris à plusieurs fois. De voir le fils du baron prendre à bras-le-corps celui qui s'était donné pour mission de le tuer… De me remémorer avec quelle aisance Gianni m'avait "jeté" sur son épaule et de songer que tant de force et d'énergie vitales s'en étaient allées, tout cela m'avait remué jusqu'au tréfonds. Raffaele avait tenu à recouvrir de pierres les restes de Luca afin d'éviter que les corbeaux et les sangliers n'achèvent de le dépecer. Je l'avais accompagné tandis que ma mère nous observait depuis le plateau. "Pour Antigone", avait-il murmuré en guise d'oraison funèbre. Les carabiniers se chargeraient de le rapatrier.

Puis nous nous étions mis en route. Ma mère sur le petit cheval noir qui prenait les bons chemins sans qu'elle ait eu besoin de le diriger. Raffaele suivait sur la seconde monture, et moi, à pied, guidant la mule qui souriait et son triste fardeau. Je n'aurais pas pu endurer huit heures de secousses, même sur le dos de l'animal le plus docile. Lors de cette descente silencieuse vers la vallée, chacun de nous, je crois, chemina aussi en lui-même. Le regard de Raffaele s'attarda sur moi à plusieurs reprises et j'y lus un commencement de nostalgie. Le reste du temps, il était retombé dans l'état introspectif qui lui était familier. Ma mère s'était arrêtée toutes les demi-heures pour nous enjoindre de boire en nous tendant sa gourde. "Ça va, Libero ? Tu tiens le coup ?" Sa question ne ciblait pas uniquement mes blessures physiques. À cette douleur, je m'étais accommodé. Pas à l'idée de sa liaison avec Dario Carboni. J'y voyais une trahison. Mon grand-père savait-il ? Des souvenirs de discussions animées, tard le soir, entre Solimane père et fille me revinrent. Les éclats de voix montaient de la cuisine vers ma chambre avec des accents de prétoire. Étais-je au centre de leurs débats ? Quoi qu'il en soit, si mon grand-père avait été dans la confidence, rien dans son attitude ou ses mots n'avait filtré. Sa bienveillance et son affection envers moi avaient été entières, inconditionnelles. Je pouvais admettre mille raisons valables pour lesquelles ma mère s'était cramponnée à son secret, parmi les plus évidentes celles qui étaient liées à notre sécurité. Mais était-ce son choix à elle ou celui de Dario ? Qu'étions-nous pour lui sinon son talon d'Achille ? J'en voulais à ma mère de s'être donnée à cet homme-là, d'avoir manqué de confiance en moi, de l'avoir appelé à la rescousse pour me retrouver… Et par-dessus tout, d'avoir foulé aux pieds les idéaux qu'elle n'avait cessé de m'inculquer. Pour la première fois de ma vie, Argentina Solimane m'avait déçu. J'en étais mortifié.

Elle, indomptable, avec cette manière de s'étirer de toute sa taille et de projeter le menton en avant qui lui donnait des airs d'impératrice, me parut soudain tassée, fragile, et pour tout dire ordinaire. Je lui aurais pardonné bien des crimes… Mais qui fussent à sa mesure ! Elle avait commis la faute la plus banale qui soit sur ces terres : transiger, consentir à ces petits arrangements avec soi-même qui font que l'on se perd tout entier. C'était moi, pourtant, qui baissais les yeux. Je craignais qu'elle ne devine à quel point elle avait déchu dans mon estime.

Plus nous nous rapprochions d'Ogliano et plus j'éprouvais de difficultés à respirer. L'anticipation de ce qui allait suivre me comprimait les poumons. L'effervescence autour de notre arrivée, la nouvelle qui se répandrait comme une traînée de poudre, les lamentations de la mère de Gianni, les questions du baron, des carabiniers, les racontars, les suspicions… Après ce cirque viendrait le tête-à-tête avec Argentina qui m'angoissait plus encore. Parce que nous n'y couperions pas et qu'une fois l'abcès crevé, rien n'était moins sûr que la guérison… Tout aussi opprimant, se dessinait l'avenir de ma relation avec Raffaele. En réalité, son absence d'avenir.

En abandonnant l'Argentu, j'eus la prémonition que se refermait une parenthèse de liberté absolue. L'intensité de ce que j'y avais vécu ne m'attendrait nulle part ailleurs dans l'espace ou le temps. Les courses des chevaux ne sont jamais aussi fulgurantes et débridées que sur les plateaux d'altitude.

Le profil mélancolique de Raffaele me laissait penser qu'il partageait les mêmes perspectives déprimantes. En public, il nous faudrait étouffer l'étincelle dans nos yeux, éteindre nos sourires, abréger le contact de nos peaux. Nous nous donnerions des accolades et des poignées de main viriles quand nous brûlerions de nous embrasser et de nous toucher. Nous nous cacherions pour le faire. La peur d'être découverts s'immiscerait entre nous, salirait nos plaisirs, contaminerait notre bonheur. À la fin de l'été, il partirait dans une grande ville, intégrerait une université réservée à l'élite et moi, je retournerais dans mon petit lycée de province pour décrocher mon baccalauréat. Nous serions séparés durant toute une année. Au moins… Déjà, l'air me manquait.

Le soleil était mordu par la crête. Il restait trois heures de jour, peut-être autant pour rallier le haut du village. Sans nous consulter, Raffaele et moi avions ralenti l'allure et ma mère s'en inquiéta. En revenant vers nous, elle ordonna une pause. Son injonction claqua avec autorité. Si elle prenait sur elle pour donner le change, elle y parvenait plutôt bien. Depuis tant d'années, sa pratique était rodée.

— Fais voir où tu as mal, Libero.

Je la laissai me palper les côtes. Ses doigts m'auscultèrent avec des légèretés de papillon.

— J'en sens deux de fissurées. Tu vas pouvoir continuer à marcher ? Tu souffres beaucoup ?

Mon regard intercepta celui de Raffaele, debout derrière ma mère. Il revissa le bouchon de la gourde en esquissant un sourire dans lequel je perçus une infinie tristesse.

— Ça va aller, dis-je en me pinçant la lèvre.

Elle me passa la main sur le front, fronça les sourcils et demanda à Raffaele de lui donner de l'eau.

— Tu as un peu de fièvre. Penche la tête, je vais te mouiller les cheveux.

La prévenance dans ses gestes démentit la rudesse dans sa voix.

— Maman ?

Le mot avait sonné comme une menace. Elle se crispa.

— Pas maintenant, Libero.

Je n'avais que faire de son autorisation. Ce ne serait jamais le bon moment.

— Pourquoi tu l'as appelé ? Tu connais ce massif mieux que personne et j'y ai déjà passé la nuit, pourquoi il a fallu que tu ailles le chercher, hein ? Tu te rends compte que si tu étais venue seule, Gianni serait encore vivant ?

— Tu crois que je n'en suis pas consciente ?

— Et toi, tu crois toujours réussir à te défiler en répondant à mes questions par d'autres questions ?

Elle serra les poings à s'en faire blanchir les jointures.

— Je n'ai pensé qu'à toi, dit-elle dans un filet de voix. Si quelqu'un était en mesure de te sauver, c'était lui.

Cela n'avait aucun sens. Pour retrouver un des leurs, perdu ou blessé dans l'Argentu, tous les hommes valides d'Ogliano auraient répondu présents. Sa réponse ne me satisfaisait pas.

— Non. Tu n'avais pas besoin de fusils pour me tirer d'un mauvais pas en montagne, juste de bonnes volontés et de marcheurs. À Ogliano ce n'est pas ce qui manque. Alors, pourquoi lui ?

"Te tirer d'un mauvais pas en montagne ?" Elle répéta la phrase plusieurs fois de suite comme si mes propos étaient incohérents. Et puis elle explosa :

— Quand j'ai entendu Lazare pleurer à la grille en pleine nuit, que je l'ai vu à demi mort, tu te figures que j'ai imaginé quoi ? Que tu t'étais foulé la cheville ? Tu le sais, ce qui m'est passé par la tête, hein ? J'ai pensé à tout et au pire, à ce qui me fait trembler depuis que tu es né : qu'on savait de qui tu étais le fils et qu'on s'en était pris à toi pour se venger de lui ! S'il y avait une chance infime que tu sois encore vivant, alors oui, Libero, j'avais besoin de ces saloperies de fusils et même, il n'y en aurait pas eu assez !

34

La rage de vivre de ce chien tenait du prodige. La balle de Gianni lui avait traversé le poitrail pour ressortir derrière l'omoplate gauche sans endommager d'organes vitaux. Lazare s'était traîné sur trois pattes pour revenir au bercail et s'écrouler aux pieds de ma mère. Avant de partir à ma recherche, elle l'avait confié aux bons soins de César, lequel s'était montré réservé quant à ses chances d'en réchapper. "Et il n'a pas trouvé étrange que tu lui amènes Lazare dans cet état et que tu disparaisses aussi sec dans la nature ?" m'étais-je étonné. En effet, César ne s'était pas contenté de la thèse de "l'accident de chasse" et des fioritures improvisées par Argentina. Durant son ancienne vie au service de la justice, il avait vu défiler pléthore de menteurs patentés. Aussi experte fût-elle dans l'art de la supercherie, ma mère ne l'avait pas roulé dans la farine. "Je lui ai dit, Libero. Il ne m'a pas laissé le choix. Il était tellement inquiet pour toi qu'il était prêt à appeler ses anciens collègues. C'était le seul moyen de l'en dissuader. Je lui ai fait promettre de me laisser jusqu'au lendemain." J'avais tu la réflexion amère, qu'à cette occasion ma mère avait trouvé des vertus à la vérité et des avantages à s'en remettre à la confiance d'un autre. Et j'avais allongé le pas. L'exploit accompli par Lazare méritait que je serre les dents. S'il était encore vivant, quand bien même la probabilité d'une seconde résurrection était mince, je tenais à l'accompagner dans ses derniers instants.

Au milieu de ce marigot de duperies et de secrets, César s'était révélé égal à lui-même : fiable et intègre. Il avait respecté son engagement. Ce n'était pas rien. Un carabinier reste un carabinier. Dario Carboni s'apprêtait à commettre un crime, il y avait là une opportunité unique de mettre sous les verrous un "intouchable". Comment arrêter un mafieux quand les trop rares témoins de ses méfaits persistent à déclarer que son existence est pure affabulation ? César avait laissé filer l'occasion de confronter le mythe à la réalité de ses exactions et d'en tirer quelque gloire. Pour Argentina. J'avais eu la faiblesse de croire que j'y étais aussi pour quelque chose.

Depuis le matin, le pauvre homme devait être sur des charbons ardents. À peine les toits orangés d'Ogliano furent-ils en vue qu'il vint à notre rencontre, aussi vite que le lui permettait sa patte raide. "Il s'accroche ! Et vous êtes saufs, Dieu merci !" cria-t-il en nous gratifiant de son sourire solaire. Son regard se posa sur le chargement, et enfin sur Raffaele. Avait-il espéré que nous ramenions la dépouille du *capo* des Carboni ? Je le détrompai aussitôt. Au récit succinct des dernières heures, il se contenta de hocher la tête en opposant un calme olympien. Sans plus de commentaires, il prit la direction des opérations :

— Vous venez chez moi. Pas question que vous traversiez le village et que Fiorella apprenne la mort de son fils sur le trottoir. Et comme ça, tu pourras voir ton chien, Libero.

Ma mère ne broncha pas et sauta à bas du cheval. Elle lui ôta selle, filet et mors, et passa les doigts dans sa crinière en murmurant les remerciements que l'on réserve aux vieux amis sur le départ. Puis elle lui assena une tape sur la croupe et la jument noire fut prise d'un long frisson avant d'effectuer une pirouette parfaite et de rebrousser chemin. D'autorité, César me prit les rênes de la mule qui souriait.

— Va avec ton ami, tu en as assez fait. On s'occupe des bêtes. Lazare est dans l'atelier.

Installé sur un tas de couvertures au milieu de la petite pièce, Lazare n'était guère plus vaillant que lors de notre première rencontre. Sa queue balaya faiblement le plancher et son œil jaune s'entrouvrit avant même que je franchisse le pas de la porte. J'y lus des déclarations que j'étais seul à comprendre.

— Moi aussi, je me suis senti seul sans toi, murmurai-je en apposant le front contre le sien et en lui prenant les joues à pleines mains. Moi aussi, je suis content de te retrouver, vieux pirate.

— Il va s'en tirer, Libero. Il va s'en tirer maintenant que tu es là.

— Et nous ? dis-je après avoir vérifié que César ou ma mère n'étaient pas dans les parages.

Il me tendit la main pour m'aider à me relever et nous nous embrassâmes comme des voleurs. Après ce baiser trop bref et si fade, sans commune mesure avec le feu à nos bouches, nous nous séparâmes, un peu étourdis, toujours sur notre faim.

César et ma mère installèrent une planche et des tréteaux sous le tilleul et y déposèrent Gianni. Il fut recouvert d'un drap d'un blanc cru qui réfléchissait les bleus du crépuscule en donnant l'impression sinistre d'être en lévitation.

— Et maintenant ? interrogea César à la ronde.

Ma mère me chercha du regard.

— Je vais chez Fiorella. Si tu n'as pas la force de lui parler ce soir, tu n'as qu'à rentrer à la maison, Libero.

Je ne m'en sentis ni la force ni le courage. Je voulais encore moins abandonner Lazare et me retrouver seul avec ma mère. Je touchai l'épaule de César.

— Je peux dormir dans l'atelier ?

— Je vais te descendre un matelas… Enfin, si ta mère est d'accord…

Argentina baissa les paupières d'un air las.

— Tu n'auras qu'à fermer la porte, pour être tranquille, Libero. Raffaele, j'appellerai ton père. Je ne voudrais pas qu'il ait un coup de sang en te voyant arriver. Mais avant…

Les yeux bleus de César nous sondèrent successivement et j'eus un aperçu du style de policier qu'il avait été avant d'être réformé : direct et tenace.

— J'ai un autre coup de fil à passer, vous vous en doutez. Qu'est-ce que vous allez dire…

— La vérité ! lançai-je. Je te l'ai racontée, depuis le moment où Gianni et Luca ont enlevé Raffaele, jusqu'au moment où Dario Carboni et son bras droit ont tiré sur Gianni.

Ma mère ne réagit pas. Elle avait, je suppose, anticipé ma réponse.

— Argentina ? demanda doucement César.

— Il ne peut y avoir qu'une vérité, souffla-t-elle d'une voix d'outre-tombe.

— Tu es sûr ? insista César. Tu es prêt à témoigner devant un jury, s'il le faut ? Toi aussi, Raffaele ?

Nous avions acquiescé sans même nous être concertés.

— Et pour tes liens avec Dario ? Réfléchis bien, Libero, parce que…

— Ce type, je le connais pas, je ne l'avais jamais vu avant qu'il assassine Gianni. Ce que personne ne m'a dit, je ne peux pas le savoir, ajoutai-je en fixant ma mère.

Ensuite, tout s'était précipité. Après l'appel de César au baron, ma mère et Raffaele étaient partis ensemble. Je m'étais assis sur le banc et je les avais observés se fondre peu à peu dans la nuit. L'une s'en allait distribuer des larmes, l'autre la joie. Dans une maison, la vie s'arrêterait, dans l'autre, elle se perpétuerait. Fiorella s'agripperait à la table de sa minuscule cuisine tandis que le vieux Delezio décapiterait un cigare, déboucherait un grand vin, l'année de naissance de Raffaele, pourquoi pas. Le cru avait été exceptionnel, il est vrai. N'empêche, c'était toujours dans les mêmes maisons que le malheur s'invitait.

César me rejoignit sur le banc.

— Tu dois avoir faim. J'ai des pâtes, du fromage, des…

— Merci, je ne pourrai rien avaler.

— Mon ami et ses collègues seront ici dans moins d'une heure. Il faut que tu te requinques, ce ne sera pas une partie de plaisir, Libero.

— Ça ne l'était pas, là-haut.

Il me frotta gentiment le dos.

— Tu ne dois pas la juger trop durement. Elle a pris un sacré coup…

— Je ne connais pas ma mère, César.

— Tous les enfants pourraient dire la même chose de leurs parents. Et ça marche dans les deux sens, ajouta-t-il avec un petit rire. Il y a bien des choses que tu lui caches, toi aussi, non ?

— Il n'y a aucune comparaison possible ! Dario Carboni ! Merde, César ! Et c'est toi qui me dis un truc pareil ? Qu'est-ce qu'il pourrait y avoir de pire ?

— Tu sais, soupira-t-il en me tapotant la main, le pire c'est quand ceux qu'on aime ne sont plus là… Quoi que tu sois en droit de lui reprocher, elle a contribué à faire de toi ce que tu es : quelqu'un de bien. Le reste… Pour peu qu'on y mette du sien et du cœur, tout finit par passer, même la colère… C'est comme avec les fils d'argent, Libero, il faut du temps pour faire du beau.

J'aurais aimé le croire sur parole. César aurait fait un père formidable.

35

CÉSAR

Nous avions fini de dîner. L'air marin s'était levé et sa fraîcheur était bienvenue. Delia portait la robe orange, celle au décolleté pigeonnant. Je me demandais si c'était un message, en espérant qu'il s'agisse d'une invitation. Je ne me souvenais plus à quand remontait la dernière fois où nous avions mangé ensemble, où nous étions allés au lit ensemble. Ses seins étaient fermes et bombés comme des pamplemousses. Je rêvais du moment où nous irions nous coucher pour les cueillir, lui dire à quel point je l'aimais et combien elle m'avait manqué. Tous les ans, nous faisions le pèlerinage à Torresolo, un minuscule village côtier. Nous y passions une semaine, que nous réservions pour l'année suivante dès notre départ. Parce que nous voulions la même chambre, celle qui donne sur la tour, et voir le soleil levant l'allumer en nous serrant l'un contre l'autre sur le balcon étroit. À Torresolo, il n'y a qu'un hôtel, ou plutôt une pension de famille : la villa des Maures. Nous nous y étions rencontrés cinq ans plus tôt. Elle faisait un remplacement à la réception, une enquête m'avait amené là pour la semaine. Le deuxième soir, elle m'avait abordé. Moi, je n'osais pas. Pourtant, elle m'avait tapé dans l'œil ! Mais je n'ai jamais su trop y faire ni sur quel pied danser avec les femmes… Sans compter que dans le coin, l'uniforme des carabiniers agissait plutôt comme un repoussoir. "Ça vous dirait, une promenade sur le sentier des contrebandiers, après mon service ?" Je m'étais demandé si elle ne se payait pas ma pomme. Mais elle avait ce sourire… À damner tous les saints du paradis ! J'avais accepté. C'est elle qui m'avait embrassé. Elle portait cette même robe orange qui faisait ressortir son hâle. Avec Delia, la joie et la lumière étaient entrées dans ma vie. Et nous nous étions mariés l'année suivante.

"Tu es dans la lune, César." J'étais seulement impatient de ne l'avoir rien qu'à moi. Un peu inquiet quand même, car elle avait soudain pris cet air grave qui n'augurait pas toujours que du bon pour moi. L'année écoulée avait été éprouvante. Quand je n'étais pas en déplacement, je rentrais tard. Mon équipe était sur une grosse affaire dont je désespérais de voir le bout. Ces vacances, nous en avions besoin pour souffler un peu et nous retrouver.

"J'ai quelque chose d'important à te dire." J'en avais eu des sueurs froides. Dans le service, les épouses qui s'étaient consolées dans les bras d'un autre, on ne les comptait plus. J'avais pensé que je venais de rejoindre le bataillon des cocus. Ou pire, qu'elle me quittait. C'est drôle quand même… J'étais capable de confondre le plus fieffé des menteurs, mais ce qu'il se passait dans le cœur des femmes, y compris de la mienne, constituait pour moi un mystère insondable. D'ailleurs, ça n'a pas changé.

"Tu vas être papa, César." Je devais avoir la tête du gars qui vient de voir la Vierge descendre des nues, parce qu'elle a éclaté de rire. Le dernier client qui traînait encore a renversé son verre. Les rires de Delia, ils partaient comme des coups de canon.

"Heureusement que je te connais ! Sinon, j'aurais pu croire que la nouvelle ne te fait pas plaisir…" Plaisir ?

J'étais le plus heureux des hommes ! J'en aurais chanté des alléluias ! J'ai fait le tour de la table pour la prendre dans mes bras, je me suis retenu de la serrer trop fort. "Je ne suis pas en sucre, hein. Serre-moi, César, j'aime ça, je me sens en sécurité avec toi." Je me suis refait le film à l'envers en me traitant intérieurement d'imbécile. Elle n'avait pas touché à son verre. Sa poitrine… Si pleine… Je n'aurais pas vu passer une vache au milieu d'une église !

Je l'ai bombardée de questions. De combien ? Il est grand comment ? De la taille d'un gobe-mouche ? "Elle m'a montré l'ongle de son petit doigt : "Un gobe-mouche pas plus grand que ça, alors." Et puis les deux types à moto ont déboulé pleins gaz. Ça s'est passé en une fraction de seconde. Je n'ai pas eu le temps de comprendre, de réagir. J'ai plongé pour la protéger, mais la première rafale était déjà partie. Et Delia aussi. Tuée net d'une balle en plein front. Je n'ai pas pu lui faire mes adieux. Je ne lui avais pas dit à quel point je l'aimais. En tentant de prendre appui sur ma jambe, je me suis effondré. Au sol, j'ai remarqué des traînées de sang sous la table voisine. Le client qui l'occupait avait disparu. En plus, ils avaient loupé leur coup. C'est la dernière chose idiote que j'ai pensée avant de m'évanouir.

Pendant que j'étais à l'hôpital, les collègues ont repris l'enquête. La cible des tueurs s'était enregistrée sous un faux nom, mais ils ont réussi à établir qu'il s'agissait d'un certain Tony Greco. De là, on a fait le lien avec le clan des Carboni et avec Dario. Il n'avait pas appuyé sur la détente, mais il était le commanditaire et nous n'avions aucune preuve. Ma descente aux enfers a commencé trois semaines après la mort de Delia, quand j'ai franchi le seuil de l'appartement vide.

J'avais une seule obsession : le faire payer, appliquer la loi du talion. Une rumeur circulait au sujet d'une femme et d'un enfant "cachés". Je me suis attelé à la tâche comme un forçat. Je dormais peu. Je buvais beaucoup. Ça a duré près de deux ans. Je n'ai rien trouvé de concret à me mettre sous la dent. Ceux qui étaient censés savoir me renvoyaient à d'autres censés savoir, qui l'auraient tenu d'autres… Du sable ! Si j'avais eu des noms, à cette époque, j'aurais pris à Dario ce qu'il m'avait pris. Œil pour œil, dent pour dent.

C'est le père Francesco qui m'a repêché. Quand j'étais carabinier, j'arbitrais les tournois de foot qu'il organisait pour les gamins. Il est venu à l'hôpital, à l'enterrement de Delia, et une fois par semaine, il a continué à toquer à ma porte, chaque vendredi soir à sept heures précises.

"Laisse-moi te parler du vrai Dieu, César. Celui qui a guidé le pied de Nino, cet après-midi, quand il a mis le ballon dans la lucarne… Et sers-moi donc un verre de ta grappa." Voilà quelles étaient ses entrées en matière. On ne ferme pas sa porte au père Francesco. Il a su se frayer un chemin jusqu'à mon cœur. Il a réparé ma foi. Il m'a réparé. Grâce à lui, j'ai renoué avec mon père. Et ses fils d'argent…

Il m'a fallu autant de temps pour remonter la pente. Quand j'ai lu cette annonce dans le journal je n'étais pas guéri mais j'étais sur la bonne voie. Je cherchais un endroit tranquille où poursuivre ma convalescence, un endroit qui n'apparaissait pas sur la carte des Carboni. Ogliano remplissait tous les critères : il ne s'y passait rien. Argentina et Libero m'ont tout de suite plu. Je me suis installé. J'avais abandonné la traque, mais mon deuil n'était pas achevé et ma colère n'était pas éteinte. La voix de Delia me réveillait encore en pleine nuit : "Un gobe-mouche pas plus grand que ça, alors." Cette colère, j'ai décidé de la tordre et de la transformer. Je me suis fait le serment que lorsque je serais parvenu à créer un gobe-mouche de la taille de l'ongle d'un petit doigt, alors j'en aurais fini. En réalité, cela s'est produit un peu avant.

Je ne saurais pas dire à quel moment je suis tombé amoureux d'Argentina. Peut-être les graines ont-elles été semées dès que je l'ai vue à la grille de l'école mais j'aurais bien été en peine de me l'avouer à moi-même. À présent, je suis en paix avec ça. Avec Delia, avec moi. Après l'enterrement de Lenzani, quand Libero a prononcé le nom des Carboni, je n'ai pas tremblé. Si j'avais chanté dans la même église que Dario, eh bien soit ! Si quelqu'un avait besoin de la lumière du vrai Dieu, celui du père Francesco, c'était lui. J'ai dormi sur mes deux oreilles ce soir-là et le suivant. Mais la nuit où Argentina est venue me trouver avec ce pauvre Lazare… Lorsqu'elle a avoué sous le feu de mes questions, là, oui, j'ai tremblé. Parce que quelques années en arrière, mon âme était si noire et malade que je n'aurais pas éprouvé une once de pitié à les tuer, elle et son fils. Dario était là-haut et j'ai promis de ne pas bouger. Pour elle, pour Libero. À cause de ce que j'aurais pu leur faire. Si j'avais eu un fils, il aurait pu ressembler à Libero… J'aurais aimé qu'il lui ressemble.

Quand j'ai débuté dans le métier, les Carboni, Greco et consorts, je les voyais tous comme des exterminateurs sans conscience. En réalité, beaucoup d'entre eux ne sont pas les monstres que l'on aimerait qu'ils soient. Ou alors, nous le sommes tous. Ce qui nous distingue les uns des autres, c'est ce qu'on fait de sa colère. Tout le monde n'a pas la chance de croiser la route d'un père Francesco. Tout le monde ne réussit pas à trouver ses fils d'argent.

Mais quand on y arrive, par la foi, la patience ou quelle que soit la manière, alors ça laisse de la place pour la vie.

36

Au bras d'Argentina qui la dépassait de deux têtes et dans la nuit, la silhouette de la mère de Gianni semblait appartenir à une fillette. Je les avais vues arriver par le fenestron de l'atelier. Il n'y avait pas eu de pleurs, juste le bruit des cailloux crissant et giclant sous des pas trop raides. À force de coups du sort, les femmes d'ici devenaient plus dures que le granit, des Atlas condamnées à porter les vivants et les morts, trop de morts. Elles enfilaient les habits de deuil pour ne plus les quitter, finissaient par flotter dedans à mesure que l'âge les rabougrissait. Puis on leur ôtait leur croix en or, une alliance incrustée dans les plis de la peau et on les enterrait dans leurs robes noires.

Le dos de Fiorella s'était cassé d'un coup lorsqu'elle avait soulevé le drap. Elle avait arrangé les cheveux de Gianni, essuyé la poussière de son visage avec un mouchoir, comme je l'avais vue faire tant de fois quand nous revenions de nos vagabondages. Puis elle avait déposé un baiser sur son front et demandé : “Quand pourra-t-il rentrer à la maison ?” D'une voix douce, ma mère lui avait expliqué que cela dépendrait des carabiniers et qu'elle serait à ses côtés pour l'aider dans les démarches. “Bon”,

avait lâché Fiorella. Dans ce mot prononcé par la petite femme empesée de douleur étaient contenus des siècles de résignation. Non, ce n'était pas bon. J'avais appréhendé le moment où je devrais m'asseoir face à elle et répondre de la mort de son fils.

Les carabiniers ne tardèrent pas à investir Ogliano et leurs voitures se répartirent entre la Villa rose et la maisonnette que nous louions à César. Si mon grand-père avait été de ce monde, il aurait levé le sourcil et marmonné : "Regardez-moi ces cols amidonnés… Et pas une goutte de sueur ! Ah ça ! Pour parader après la bataille !" J'avais pensé comme lui. L'officier aux commandes s'était entretenu quelques instants avec César. Son attitude était empreinte de la complicité amicale et du respect que l'on réserve aux frères d'armes. César n'avait pas été oublié et il avait été quelqu'un d'important, c'est ainsi que je l'interprétai.

Tandis qu'on glissait le corps de Gianni dans une housse mortuaire, l'officier me fit signe d'avancer et se présenta comme le lieutenant-colonel Mateazzi. Le nom de Dario Carboni avait suffi à déplacer le haut du panier. Je fus interrogé en présence d'Argentina et de César. Pour la troisième fois, je repris l'enchaînement des faits tels que je les avais vécus. Enfin, une partie de moi se plia à l'exercice imposé. L'autre s'était réfugiée dans la grotte des Fées où l'eau des sources épousait les yeux verts de Raffaele. Il me restait cela à préserver. Quelques heures hors du temps aussi pures et absolues que la folie d'Antigone…

Quand le sujet de Dario vint sur le tapis, les narines d'Argentina se pincèrent et César lui prit spontanément la main, puis la relâcha, comme surpris de sa propre audace. Je compris alors qu'il nourrissait envers ma mère des sentiments qui dépassaient le cadre de l'amitié. Mateazzi n'y prêta pas attention : "Pourquoi Carboni poursuivait-il votre ami ? Gianni s'est-il confié à vous ? Dario Carboni était-il derrière l'enlèvement de Raffaele Delezio ? Gianni travaillait-il pour lui ? D'autres personnes sont-elles impliquées ?..." J'avais opposé un commentaire invariable : "Je vous ai dit ce qu'il s'était passé, je n'en sais pas plus, personne ne m'a rien dit. Pour le reste vous le demanderez à Dario Carboni quand vous le coincerez." *Si vous y parvenez...*

Étrangement, Mateazzi omit de me poser l'unique question pertinente : pourquoi Dario Carboni ne vous a-t-il pas tous éliminés ? À moins que ce point crucial n'ait fait l'objet d'une tractation préalable avec César. C'est lui, d'ailleurs, qui mit un terme à l'entretien. "Bon, tu en as assez pour ce soir, non ? Il est crevé, blessé, il a bien mérité de se reposer... Le plus important, c'est qu'il soit prêt à témoigner, tu ne crois pas ?" Son ancien collègue en avait convenu de l'air encore éberlué du gars qui vient de voir de l'eau se transformer en vin.

Après le départ des carabiniers, César et ma mère avaient continué de discuter sous le tilleul, j'étais retourné dans l'atelier m'étendre auprès de Lazare. Argentina et moi ne nous étions pas souhaité bonne nuit, une première en dix-huit ans. Il faut dire que je ne lui en avais pas laissé l'occasion, m'étant éclipsé en catimini. Après coup, je n'en avais pas été fier, mais ce qui s'était désuni entre nous ne se recollerait pas en un jour. Lazare respirait en apnée, je l'avais caressé en le suppliant de tenir bon. Je ne sais si mes paroles firent effet, mais son souffle devint plus régulier et il se mit à ronfler comme cela lui arrivait, parfois, après des virées harassantes. Je tombai à mon tour comme une souche.

Au petit matin, en constatant que la place était vide, la panique me gagna et je me redressai trop vite. Mes côtes douloureuses se rappelèrent à mon souvenir. Je manquai de tourner de l'œil. César, déjà installé à son établi, me rattrapa *in extremis*.

— Eh ! Libero ! Doucement, doucement… Tout va bien. Calme-toi.

— Lazare ?

— Il pisse sur mon perron, le cochon ! Ce chien doit être protégé par un escadron d'anges surentraînés… Je pense qu'il est tiré d'affaire. Ce qui ne risque pas de t'arriver si tu continues de t'agiter comme un diable dans une église !

Lazare revenait en clopinant. L'étincelle de vie dans son œil fut mon rayon de soleil de la journée. Nous prîmes le café dans l'atelier. Je ne me fis pas prier pour manger. La moitié d'un pain et d'un saucisson y passèrent. Cela sembla réjouir César, et Lazare eut droit à sa part.

— C'est quoi, la suite ? demandai-je une fois rassasié. Il va falloir que je signe une déposition ou quelque chose dans le genre ?

— Je viendrai avec toi. Ne commence pas à te tracasser pour ce qui n'est pas encore arrivé.

Faisait-il allusion aux formalités qu'il me faudrait remplir ou à l'arrestation de Dario ? Je n'aurais su le dire. César n'était pas toujours facile à cerner. Il se caressa le menton d'un air pensif.

— Je me demandais… Cette pauvre Herminia, Gianni ne t'a rien dit sur elle ?

Depuis ma nuit à la belle étoile dans son champ, je n'y avais pas repensé un seul instant.

— Tu crois qu'il y a un rapport, qu'il aurait…

— Lui ou Luca. Ils s'étaient peut-être cachés dans la chapelle, elle a peut-être vu ou entendu des choses qu'elle n'aurait pas dû… Une mort et un enlèvement à quelques heures d'intervalle, c'est un peu gros comme coïncidence, non ?

"J'ai déjà fait des choses…", avait avoué Gianni après en être venu aux mains avec Luca. Parlait-il d'Herminia ? L'idée qu'il ait pu s'en prendre à une vieille femme pour protéger ses arrières me mit mal à l'aise. Si la fin d'Herminia était liée au kidnapping, je voulus croire qu'elle était imputable à Luca.

— Allez, oublie ça… Le plus important est que tu te sois tiré de cette histoire. Il fallait du courage pour t'interposer comme tu l'as fait. Et… Pour hier soir, tu as bien fait de te taire, Libero. Pour ta mère et toi, c'est mieux que personne ne sache…

— Je ne m'en suis pas vanté parce que j'ai honte !

— La honte n'est pas une bonne raison, votre sécurité, oui. Regarde-moi, Libero, et enfonce-toi bien ça dans le crâne : tu n'as pas idée du nombre de personnes qui seraient prêtes à vous faire du mal pour atteindre Dario. Y compris chez les carabiniers…

— Elle n'avait qu'à y penser avant !

— Avant quoi, Libero ? Avant de tomber amoureuse ? Parce que tu te figures que ces choses-là se commandent ? Qui te dit que celui qu'elle a aimé est le Dario Carboni que tout le monde connaît ? Du haut de tes dix-huit ans, tu es persuadé que le bien et le mal sont gravés dans le marbre. Entre le tout noir et le tout blanc, il y a large comme l'embouchure de la Fiumara ! Et puis les gens changent… Parle-lui, Libero… Parle-lui avant de la condamner.

— Parler, ouais, dis-je en maugréant.

Sans avoir haussé le ton et l'air de rien, César m'avait fait la leçon. Ses paroles me renvoyèrent à celles de Raffaele. “La justice ne peut pas se contenter de condamner. Il est nécessaire de comprendre.” J'étais on ne peut mieux placé pour savoir que *ces choses-là* ne se commandaient pas.

César me gratifia d'un sourire désarmant, celui qui lui faisait naître des ridules joyeuses au coin des yeux et qui semblait dire “ça n'est pas si grave qu'il y paraît”. J'avais mis son optimisme et son énergie de vie sur le compte de la foi, mais sans doute y avait-il d'autres explications.

— Ta mère a ramené des habits pour te changer. Je les ai mis dans la salle d'eau et je t'ai sorti une serviette. Fais comme chez toi.

Je n'étais plus monté au premier depuis mes quatorze ans, la fois où César avait lavé et soigné mes écorchures après un roulé-boulé dans les ronces. L'étage se divisait en deux pièces, plus une petite salle de bains sur le palier. La cuisine était propre et ordonnée, seules une tasse et une cuillère séchaient sur l'égouttoir. Dans la chambre, le lit était tiré à quatre épingles, comme on aurait pu s'y attendre en pénétrant dans la cellule d'un moine. César avait passé une couche de chaux sur les murs et poncé le plancher. Je repensai au geste protecteur qu'il avait eu, la veille, envers ma mère. Quand donc se déciderait-il à prendre le taureau par les cornes ?

Le seul objet à détonner dans ce décor spartiate était le cadre d'argent posé sur la table de nuit. Une photo de mariage. César en uniforme d'apparat tenant par la taille une brune rayonnante et gironde. À son arrivée à Ogliano, César ne portait pas d'alliance et pas une fois il n'avait évoqué ce pan de son passé… Qui était la mariée ? Où était-elle ?… De nombreuses questions m'avaient brûlé les lèvres. Je n'avais pas osé satisfaire ma curiosité. Notre locataire en savait plus sur nous que nous n'en savions sur lui.

Je refermai la porte de la salle de bains, vasouilleux à la perspective de ma visite à Fiorella, de la confrontation avec ma mère, mais déjà impatient de retrouver Raffaele. Cette pensée adoucit mon humeur.

Mon jean, en tombant, produisit un son mat. Le carnet de Gianni dépassait de la poche arrière. Je l'ouvris. Après tout, il m'avait demandé de le remettre à Fiorella sans m'interdire de le feuilleter. À l'exception de la dernière page, il contenait des dessins. Son coup de crayon avait perdu en rondeur et gagné en puissance d'évocation. Certains lieux et visages m'étaient connus, j'en découvris d'autres avec le sentiment qu'un voile se levait sur les quatre années qui nous avaient séparés. Gianni avait croqué la solitude et l'âpreté de son quotidien, et avec une force égale, ses désirs et son aspiration au beau. Je doutai que Fiorella goûte la sensualité charnelle de la douzaine de nus féminins qui retinrent mon attention. Les fantasmes sans visage de Gianni possédaient des formes parfaites, il leur avait prêté les langueurs qui suivent l'amour. À moins qu'il n'ait laissé derrière lui une femme attendant son retour… Je les examinai à la recherche d'un indice, d'un détail. Une main posée sur un sein me tapa dans l'œil. "Pour elle", avait-il murmuré dans un dernier souffle. Je pensais qu'il évoquait sa mère. J'avais été stupide. Le ravi de la crèche.

37

L'oratoire des Delezio était imprégné de relents vinaigrés. Bien que la pierre de l'autel ait été si vigoureusement récurée qu'elle paraissait poncée, j'y voyais encore suinter le sang d'Herminia. Je me tenais à une distance respectueuse de l'endroit où la mort l'avait allongée, planté devant un confessionnal dont la taille et le luxe n'auraient pas déparé dans une cathédrale.

Elle fit son entrée avec la ponctualité d'une reine. Dans son short court, le chemisier noué au-dessus du nombril, Tessa paraissait plus jeune que son âge. Le soleil de fin d'après-midi dorait le fin duvet de ses bras. Sa chevelure ramenée en tresses sur le front et les tempes lui faisait un casque de feu. Elle aurait fait de l'effet à un mort. Elle l'avait fait. Le mort, c'était Gianni.

"Gianni m'a tout dit. Rendez-vous à la chapelle vers 18 heures", lui avais-je glissé en douce à la fin de ma visite matinale à la Villa rose. J'avais espéré m'être trompé. Sa présence était un aveu en soi.

— Je ne sais pas ce qu'il t'a dit, Libero… Ce qu'il a compris ou ce que toi, tu as compris…

Elle ne manquait pas de cran. Ni de culot. Je n'avais d'yeux que pour l'énorme cabochon de corail qui alourdissait son index et dont le rouge orangé se mariait à merveille avec sa carnation. Elle portait ce seul bijou à la forme suggestive, indissociable de mes rêveries érotiques. Des centaines de fois, j'avais imaginé le frôlement de ce gland vermillon sur ma peau, la pression du métal sur mon érection. Ce contraste entre l'élégance délicate des doigts et la proéminence vaniteuse de la bague, Gianni l'avait restitué à la perfection. Les pêcheurs nommaient le corail *gorgona* : le sang de Méduse décapitée, selon la légende. Tessa en possédait l'équivalent d'un verre à grappa. Nous allions le boire jusqu'à la lie.

— Si je suis venue, c'est pour lever tout malentendu, ajouta-t-elle en refermant la porte derrière elle.

L'oratoire fut plongé dans la pénombre. Elle avança vers moi en chaloupant et s'arrêta comme à dessein sous le vitrail : ses cheveux, sa peau, ses yeux se fardèrent d'éclats colorés qui rehaussèrent encore ses appâts.

— Il m'a tout raconté, Tessa, affirmai-je en mentant sans vergogne. Absolument tout depuis le début. À commencer par Herminia…

— Alors ce n'est pas le début, dit-elle en accusant le coup.

Gianni m'avait-il parlé du comportement abject du baron ? De la manière dont il l'avait rabaissée au rang de chose ? De ses visites au milieu de la nuit ? De sa brutalité lorsqu'il lui écartait les jambes pour la forcer sans même prendre la peine de la réveiller ? De ses accès de violence les fois où son membre retombait comme une outre vide ?

Tessa baissa la taille de son short et se découvrit le bas-ventre. Un hématome lui faisait une tache violette sur l'os iliaque.

— Pourquoi tu ne l'as pas quitté, pourquoi…

— Quitté ? me coupa-t-elle dans un éclat de rire nerveux. Et pour aller où ? Chez qui ? Comment ? Je n'ai pas de famille ! Et même pas assez d'argent pour m'acheter un ticket d'autocar !

Ainsi, pensai-je, c'est à cela que devait servir la rançon de Raffaele : un pécule, une dot pour prendre un nouveau départ. Mais ça ne collait pas. Gianni avait le projet de revenir vivre à Ogliano. Bafoué sur ses terres, cornu au vu et au su de tous, le vieux Delezio ne l'aurait pas permis. À moins que les calculs de Tessa n'aient été tout autres. S'enterrer dans ce trou alors qu'elle aurait pu avoir le monde à ses pieds ? Inimaginable.

— Pourquoi tuer Raffaele ? Il te suffisait de prendre l'argent et de vous enfuir, puisque c'était toi qui devais le récupérer, non ?

— Gianni disait que c'était plus sûr comme ça.

Elle avait prononcé la phrase d'une traite.

— J'ai essayé de l'en dissuader, continua-t-elle, en tripotant le bouton de son chemisier. Mais mon avis ne comptait pas… Qu'est-ce que je pouvais faire ? Tu sais comment était Gianni quand il avait décidé quelque chose…

Je ne savais plus rien sur mon ami, excepté qu'il s'était fixé la limite de ne pas m'exécuter. Tessa se rapprocha et suspendit ses bras à mon cou. Ses beaux yeux humides se levèrent vers moi. Ma respiration se bloqua.

— Raffaele n'y était pour rien, Tessa. Comment as-tu pu…

— Je ne voulais pas, Libero, tu dois me croire. Je lui ai dit et répété que c'était mal. Mais il n'existait aucun moyen de l'en empêcher sans le trahir ! Je suis si seule. Le baron… Il me fait vivre un enfer… Qu'est-ce que je vais devenir maintenant ?

Le regard suppliant, elle se plaqua contre moi. Des larmes roulèrent sur ses joues. J'étais plus raide qu'un piquet.

— Herminia…

— Un accident, Libero… Un regrettable accident ! On était dans la chapelle avec Gianni. Elle est entrée, les jupes relevées, prête à pisser et elle a commencé à crier en nous voyant. Gianni a essayé de la faire taire, il lui a mis la main sur la bouche, mais elle s'est débattue. Elle est tombée à la renverse…

Elle se mit à sangloter. Je fourrai mes mains dans mes poches. Les siennes glissèrent le long de mon dos et se nouèrent autour de ma taille. Je déglutis péniblement.

— Ne me fais pas payer les fautes de Gianni, Libero. Je t'en supplie… Ne m'abandonne pas.

— Le baron… Pourquoi vous ne vous en êtes pas pris au baron ?

— Pour une raison qui tient essentiellement à des dispositions testamentaires, répliqua une voix de stentor.

Le vieux Delezio ouvrit en grand la porte du confessionnal où il était dissimulé depuis près d'une demi-heure avec Raffaele et poursuivit sa sortie sur un ton qui se voulait celui de la fanfaronnade mais où je n'entendis qu'aigreur et fatigue :

— À ma mort, Raffaele héritera de la totalité de mes possessions. Tessa aura droit à une pension. Le montant n'est manifestement pas assez élevé à son goût… Mais si je viens à disparaître alors que mon fils n'est plus de ce monde, elle raflera le pactole… Quelle mort avais-tu prévue pour moi, très chère ?

Tessa s'arracha à moi avec la vivacité d'un chat sauvage. La surprise, la rage et la haine enflammèrent ses yeux de jade. Sans altérer sa beauté.

38

Le vieux Delezio avait pris un coup de massue derrière la tête. Plus tôt dans la journée, je lui avais fait part de mes soupçons après les avoir exposés à Raffaele. Il les avait balayés d'un revers de la main. "Si tous les hommes qui l'ont déshabillée du regard étaient passés dans son lit, si elle avait comploté avec chacun d'entre eux, Tessa aurait pu lever une armée, jeune homme", s'était-il enorgueilli sur un ton grandiloquent. Raffaele lui avait remis les pendules à l'heure : "Je suis en vie grâce à lui. Mets ta fierté de côté, pour une fois, et fais-lui confiance."

S'il n'avait été question que du baron, je ne me serais pas prêté à cette comédie dans l'oratoire. La duplicité de Tessa avait dépassé mes plus sombres pronostics. Piètre consolation, je ne fus pas seul à tomber de haut. Fidèle à lui-même, le baron réagit avec la morgue propre à sa caste, mais sa superbe avait été entamée. Il avait renvoyé Tessa dans sa chambre comme l'on punit une enfant insolente. "Très bien, Fabrizio. J'attends ta visite. Nous ne nous sommes pas encore tout dit", avait-elle lancé en ravalant ses larmes d'actrice. Avant de quitter la scène, Messaline darda sur moi une œillade assassine. Son imperceptible sourire me laissa penser qu'elle n'avait pas joué son va-tout.

Après le départ de Tessa, nous étions revenus en silence à la Villa rose, où le vieux Delezio nous "pria" de le suivre dans son bureau. Une fois la porte close, sa première réaction fut de déclarer qu'il n'avait jamais levé la main sur une femme et que "Dieu soit loué, sa vigueur n'avait nul besoin de tuteur ou de béquille, un trait d'ailleurs commun à tous les Delezio". Raffaele avait regardé en l'air comme s'il n'avait rien entendu. J'avais rougi à l'évocation de la virilité des Delezio, songeant que c'était peut-être là le seul gène que Raffaele eût hérité de sa lignée décadente. Puis le baron m'avait serré la main avec énergie. Ses remerciements furent en tout point conformes au personnage. Il exprima sa reconnaissance en prenant soin de marquer notre différence de rang, comme il aurait jeté une piécette dans la boîte d'un cireur de chaussures. "Nous sommes une fois de plus tes obligés… Tout ça, bien sûr, doit rester entre nous, tu le comprendras aisément, Libero. Maintenant, si tu veux bien nous excuser, mon fils et moi avons à nous entretenir de sujets privés." Sur le seuil, tandis que le vieux Delezio téléphonait à son homme de loi, Raffaele me fixa rendez-vous pour le soir même dans le champ d'Herminia.

J'étais retourné chez César en faisant une boucle pour éviter de passer devant la maison de Fiorella. Demain, m'étais-je promis. Demain, avais-je déclaré d'emblée à César avant qu'il ne mette le sujet sur la table. Demain serait le jour des mères.

J'avais changé le pansement de Lazare, qui reprenait du poil de la bête, puis proposé à César de préparer le repas. "Pâtes à la diable, tu es partant ?" Ce plat était la spécialité d'Argentina, ce qu'il ne manqua pas de me faire remarquer. Tandis que, dans la poêle, l'huile d'olive et les gousses d'ail se coloraient de piment, j'avais songé à Tessa et à ce qu'il lui avait fallu de perfidie pour en venir à préméditer le meurtre de son beau-fils. Raffaele avait réagi à cette révélation sans surprise, puisant une fois de plus dans le texte de Sophocle l'explication de toute chose pour dénoncer le pouvoir destructeur de l'argent. Je ne partageais pas entièrement son point de vue et certainement pas sa clémence envers Tessa. L'argent ne corrompait que ce qui était déjà corrompu, comme la rouille attaque le métal piqué. Gianni s'était laissé guider par ses sentiments. Sa haine envers son oncle. Son amour pour Tessa. Mon ami avait risqué et perdu sa vie pour une femme qui ne l'avait pas aimé. Une femme avide… Mais quelle femme !

Comme il me restait du temps à tuer avant la nuit, je m'étais installé à l'atelier avec César. Lui avait chaussé sa loupe et s'était remis à la confection d'un gobe-mouche de la taille d'une mouche justement. De mon côté, j'avais achevé l'anneau que je destinais à mon pouce. Nous avions travaillé dans un silence recueilli, émaillé des soupirs d'aise de Lazare. Mon chien rêvait. Coursait-il un lièvre ? Lenzani ? Filait-il sur ses quatre pattes plus libre et léger que le vent ? Moi, j'étais tout entier dans le façonnage des derniers fils que j'assemblai en cercles concentriques, d'après le modèle d'un pétroglyphe trouvé dans la grotte des Fées. Symbolisait-il le soleil ? Les cycles de la vie ? Les ancêtres de l'Argentu ne nous avaient légué que leurs os et leur mystère.

Quand je fus satisfait de mon travail, je le présentai à César qui l'examina sous toutes les coutures.

— Tu l'as commencé il y a six mois, non ?

— Oui, dis-je un peu penaud d'avoir mis tant de temps à réaliser un bijou si simple.

— Il est parfait, Libero. Avec le temps, les choses ne prennent pas que de l'âge, elles prennent du sens.

J'avais acquiescé sans être certain de comprendre toute la portée de ses paroles et j'avais glissé la bague à mon doigt avant de m'éclipser pour retrouver Raffaele.

Il m'attendait et m'embrassa avant que je puisse dire un mot. Sa joue était humide. Je réalisai qu'il avait pleuré.

— Nous partons demain à la première heure.

L'annonce me coupa le souffle.

— C'est à cause de Tessa. Ne me demande pas pourquoi, mon père n'a rien voulu lâcher. Mais je finirai bien par le savoir. Des formalités juridiques, d'après ce que j'ai compris…

— Il va la dénoncer ?

— Pour que tout le pays en fasse des gorges chaudes ? Il va régler ça comme il a réglé le suicide de mon frère : en étouffant le scandale. De toute façon, sans preuve matérielle, les aveux dans la chapelle n'ont aucune valeur…

Nous demeurâmes l'un et l'autre perdus dans nos pensées, visages tournés dans la même direction : le plateau de l'Argentu.

— On pourrait remonter là-haut jusqu'à la fin de l'été, dis-je sans y croire vraiment.

— On pourrait s'enfuir ensemble, Libero. Ma mère m'a laissé de quoi voir venir…

J'y avais pensé. Vivre dans la clandestinité et aux crochets d'un fils de baron, fût-il Raffaele, ne constituait pas un projet. Je voulais faire quelque chose de ma vie. J'avais cette ambition. Et lui aussi…

— Non, Raffaele. Tu vas poursuivre tes études de droit pour être “celui qui met les tricheurs et les assassins en prison”. Moi aussi, j'ai mon chemin à tracer : je serai celui qui empêche les cœurs de s'arrêter.

Son regard s'embua. Je lui pris la main.

— Viens. C'est notre dernière nuit, on va chez moi…

— Ta mère…

— Je n'ai pas de leçon à recevoir d'elle sur qui j'invite dans mon lit. Viens.

Par un étrange phénomène, Lazare montait la garde devant la grille fermée. Je fis entrer Raffaele. De la lumière filtrait des persiennes de la chambre d'Argentina. Pourtant, elle ne se montra pas quand nous prîmes l'escalier. Nous nous déshabillâmes mutuellement avec douceur. Nous fîmes l'amour en étirant chaque seconde comme si le temps avait été un fil d'argent. Au bout du compte, au moins l'une des leçons de Nina me fut profitable : celle sur l'éloge de la lenteur.

Le pépiement des oiseaux s'intensifia. Bientôt, il fut l'heure. Je glissai mon anneau au pouce de Raffaele.

— Tu seras une Antigone au service d'une grande cause, ne m'oublie pas.

Il me prit le visage à deux mains. J'étais au bord de me noyer et lui me tenait la tête hors de l'eau.

— “J'espère seulement qu'il en valait la peine…” C'est ce que Gianni a dit à mon sujet… Je vais tout faire pour être à la hauteur et tu seras dans le meilleur que je donnerai de moi-même. Regarde-moi, Libero Solimane : je penserai à toi chaque fois que je servirai la Justice, la vraie. Ton ami ne sera pas mort en vain, je t'en fais le serment.

Après son départ, j'étais remonté dans le champ d'Herminia.

Les quatre voitures de la suite du baron traversèrent Ogliano sous les regards expectatifs des hommes arrosant les jardins et des femmes étendant leur linge. À l'exception d'une bande de gamins qui s'égaillèrent sur la chaussée en agitant les bras, personne ne songea à saluer leur passage. Cette année-là, le départ prématuré des Delezio marqua la fin d'une époque. Plus d'un mois avant le terme officiel de la saison estivale, la Villa rose ferma ses portes pour ne plus les rouvrir. À l'instant où le cortège disparut à ma vue en emportant Raffaele, j'entrai en hiver. Antigone, c'est ainsi que je l'appelais dans le secret de mon cœur.

39

ARGENTINA

Il y a un peu plus de dix-neuf ans, dans la grotte des Fées, je suis tombée sur un homme en train de masser le ventre d'une jument pleine, un homme qui bataillait pour sauver deux vies. Du feu a coulé dans mes veines.

Qu'est-ce que j'aurais dû te dire, Libero ? Tu es né d'un Carboni et ton père n'est pas ce capo *plus redouté que la foudre de l'Argentu ? Il est intelligent, sensible, attentionné, épris de liberté et idéaliste… Comme toi, mon fils ? Tu ne m'aurais pas crue. Tu aurais eu raison. Dario est aussi celui que tout le monde redoute : un chef de famille inflexible, un criminel féroce qui ne recule devant rien ni personne. Il est devenu cela, oui. Il l'a voulu ainsi. Pour moi, à cause de moi. Et de toi qui étais à naître.*

Ce ne sont pas les larmes qu'il a retenues sur le cercueil de sa petite sœur et de son père qui ont fait de lui ce qu'il est aujourd'hui. Ce sont celles qu'il a craint de verser sur les nôtres si le clan des Greco mettait sa menace à exécution. Je me suis accrochée à mon secret, pour que tu n'aies pas à porter ce poids monstrueux. Parce que la vérité, elle est simple et brute : chaque fois que Dario a tué, c'était pour nous.

Je ne l'excuse pas, Libero. Il sait. Il sait qu'il nous a perdus aussi sûrement que si nous étions morts. Mais je ne pouvais pas lui tourner le dos. Et je ne pouvais pas te l'imposer comme père. Je voulais que tu grandisses libre. Que tu te construises sans cette culpabilité qui ne t'appartient pas. Que tu deviennes la personne que tu étais destinée à être, affranchi de ceux qui t'avaient précédé, nourri de tes propres aspirations. J'avais décidé de te révéler le secret de ta naissance dès que je t'aurais jugé assez solide pour y faire face. Tu m'as devancée. Au moment où tu as reposé le fusil de Gianni, je t'ai vu, mon fils.

Je suis fière de toi, Libero. Ton grand-père l'aurait été tout autant. Avant de reprendre les rênes de son clan, Dario m'a proposé de nous enfuir loin d'ici. J'ai refusé. Ton grand-père a insisté pour que je parte. Abandonner mon père, l'Argentu… je n'ai pas eu ce courage ou cette lâcheté. Si tu dois me reprocher une chose, c'est celle-là. Pas d'avoir aimé ton père. Le Dario que j'ai connu te ressemblait, Libero. Il poursuivait des études pour devenir vétérinaire.

Chaque année depuis ta naissance, à la date anniversaire de notre rencontre, nous nous retrouvons à la grotte des Fées. Durant quelques heures, il est à nouveau l'homme qui m'a tourné le cœur. Chaque année, je le supplie de mettre un terme à cette folie. Sa réponse est toujours la même. "La voie sur laquelle je me suis engagé, Argentina, n'autorise ni arrêt ni retour en arrière." Il voulait contrôler ce territoire pour mieux nous protéger. Le paradoxe, c'est que son emprise augmente le nombre de ses ennemis et le condamne à être toujours plus puissant. La violence n'éteint pas la violence, elle ne fait que s'enfanter d'elle-même…

Est-ce que je l'aime encore ? Oui et non. J'aimerai Dario jusqu'à mon dernier souffle. Quant à Carboni… La mafia est mortifère, Libero, mes convictions sont inchangées. Je ne l'exonère pas de ses crimes. Il doit répondre de la mort de Gianni et de toutes les autres. Si procès il y a, je ne tournerai pas le dos à la vérité. Je le lui ai dit sur le plateau de l'Argentu. Je l'ai également supplié de se rendre. Mais je ne serai pas celle qui conduira les carabiniers jusqu'à lui. Voilà dix-neuf ans qu'il est en prison pour honorer la promesse qu'il a faite de veiller sur nous. La vérité, oui. La trahison, non.

Il n'existait pas de bon moment pour t'annoncer le nom de ton père, Libero. J'avais pensé que le jour où tu aimerais à ton tour, tu comprendrais mieux certaines choses, notamment qu'en amour, il n'y a rien à comprendre et aucune tractation possible.

J'ai été mise au courant pour Nina. Une nièce du vieil Ettore habite l'appartement au-dessus du sien. Elle a cru agir pour ton bien… "Libero file un mauvais coton ! Une fille de petite vertu ! On sait comment ça commence… Qui sait où ça le mènera ?" J'ai hésité à t'en parler. J'attendais que tu fasses le premier pas. Et puis j'ai compris que tu étais amoureux de Tessa. Tu sais que tu parles en dormant, mon fils ?

Figure-toi que celui que tu appelles le vieux Delezio a été jeune et qu'il m'a fait une cour assidue. Il m'a demandée en mariage trois ans avant d'épouser la mère de Raffaele. "Je t'offre mon nom, Argentina, et tout ce que tu désireras." Un Delezio pliant le genou devant un Solimane ! L'idée qui m'est aussitôt venue en tête c'est "rends les terres !". J'ai eu toutes les peines du monde à lui faire comprendre que dans ma langue, non signifiait non. Il n'avait, je crois, jamais essuyé aucun refus. C'est aussi pour ça qu'à la Villa rose je n'y mets pas les pieds, des fois qu'il lui vienne un retour de flamme. Et puis les barons, toi et moi, on sait très exactement tout le mal qu'ils ont fait à ce pays. Si je te raconte cette histoire, Libero, c'est pour te dire que si Fabrizio Delezio avait su toucher mon cœur, baron ou pas, ça n'aurait rien changé. Ni à ce que je pense de sa caste, ni au fait que je lui aurais ouvert les bras.

J'ai vu la manière dont Raffaele te regardait. Dont toi, tu évitais de le regarder. Je vous ai vus à la grille, hier soir. Avant de repartir, il s'est arrêté sous le préau pour caresser Lazare. Il lui a dit : "Prends soin de lui. J'ai rassemblé tous mes désirs dans mon vœu*." *Je t'ai vu filer, les yeux rougis vers le champ d'Herminia…*

Le café est prêt, mon fils. Tu n'as qu'à le faire réchauffer. Je t'ai cuit un pain, il est au four, et le fromage que tu préfères est sur l'appui de fenêtre. Je suis au jardin. Je sais combien l'amour peut apporter de solitude. Je suis là, Libero. Je serai toujours là pour toi.

* *Antigone*. Exodos, le roi Créon.

40

Six jours, six nuits dont une illuminée par les festivités à la Villa rose et deux irradiées par Raffaele. La promesse de n'oublier jamais. L'engagement de devenir meilleurs que nos pères. Après que l'Argentu nous a relâchés, le temps est devenu fou.

Ce fameux été, sans le soutien de ma mère et de César, je n'aurais pas refait surface. Lazare sentait que quelque chose ne tournait plus rond. Il grattait et pleurait à la porte de ma chambre pour que je le laisse entrer, ce qui ne lui était jamais arrivé. Puis il se couchait en travers de mes jambes et son œil jaune me fixait avec insistance. De temps à autre, il me poussait du museau, l'air de dire : "Secoue-toi."

Quelques jours après la retraite précipitée des Delezio, nous avons reçu la visite d'un notaire qui m'a remis un chèque et un mot de Raffaele. "Ne le déchire pas, Libero. Tu as un but à accomplir, d'autres cœurs à soigner." Suggérait-il que j'aie pu soigner le sien ? J'ai accepté l'argent.

Septembre est arrivé et je me suis jeté à corps perdu dans le travail. Après mon baccalauréat, j'ai rejoint la faculté de médecine. Au cours de ma formation, je ne suis revenu qu'épisodiquement à Ogliano. Quand mon regard se tournait vers la Villa rose ou vers l'Argentu, j'étais envahi d'un tel sentiment de vide qu'il me semblait rétrécir de l'intérieur. Au fil du temps, mes visites se sont espacées. À la faveur de mes absences, César et ma mère se sont rapprochés. D'après les confidences de César, c'est Argentina qui a pris les devants. "Quand vas-tu te décider à m'avouer tes sentiments, César Baranti ?" La connaissant, je n'ai pas été surpris et je suis heureux qu'elle l'ait fait. La capitulation de César a été instantanée. Après ça, il n'a plus fabriqué de gobe-mouches. Lorsque je lui ai demandé ce qu'il avait fait du dernier, le plus petit, il m'a dit qu'il avait rejoint sa mère. César garde toujours son secret. Argentina n'a pas cherché à le percer. "Il y a des parties de nos vies qu'il vaut mieux ne pas déballer une fois qu'on les a rangées, Libero, sans quoi on n'en finit plus de vivre dans le passé."

Durant cette période, je ne suis retourné qu'une fois dans la grotte des Fées : pour y enterrer Lazare. Il repose dans une niche du Mausolée, auprès des mères et des pères de l'Argentu. Ce n'est que justice. Mon chien était une personne exceptionnelle.

Ce qu'il est advenu de Tessa, je n'en ai pas la moindre idée. Mais trois ans après les événements, le vieux Delezio est décédé. Il a été le premier de sa lignée à ne pas rejoindre le caveau familial. À ce qui se raconte, il a été inhumé aux îles Galapagos, où il est mort. Je suppose qu'alors son divorce était consommé, car Raffaele a hérité de son immense fortune. Pour ce qui concerne Ogliano, le fils du baron n'a conservé que le *palazzo*. Le lent délitement de la demeure ancestrale des Delezio me parle de vanité et de l'insatiable appétit des hommes, de leur finitude aussi. L'agonie de la Villa rose a pourtant été un déchirement. J'ai eu l'impression de voir mes souvenirs peu à peu réduits à l'état de ruines. Les forêts domaniales ont été léguées à la commune. Le reste des terres et des diverses possessions ont été vendues pour une bouchée de pain aux habitants. "À ce prix-là, c'est donné", aurait dit mon grand-père. C'était, d'évidence, l'intention. À cette occasion, César a fait l'acquisition d'un verger et ma mère du vieux moulin que j'ai restauré des années plus tard. Argentina a toujours le don de lire en moi.

Aussitôt diplômé de l'école de médecine, j'ai voulu voir du pays et j'ai enchaîné des engagements de courte durée à l'étranger. Mon errance a duré une dizaine d'années au cours desquelles j'ai réalisé qu'il existait des Ogliano et des Silano sous presque toutes les latitudes. À quelques variations culturelles près, les mêmes causes produisent les mêmes effets. *Antigone* a accompagné mes voyages et mes doutes. Il doit être aussi fatigué que celui de Raffaele. Je l'ai relu chaque fois que je perdais courage. Je l'ai relu souvent.

Un petit matin, dans le Monténégro, un homme s'est présenté au dispensaire, soutenant sa femme enceinte et très affaiblie. "Elle a perdu les eaux, fais quelque chose." Quand ? lui ai-je demandé. "Il y a six heures." J'ai explosé : " Et tu as attendu tout ce temps ?" Il m'a regardé comme si je tombais de la lune. "L'âne n'a jamais trotté aussi vite !" Puis il a ajouté : "Il n'y a pas de médecin là-haut." J'ai repensé à mon grand-père, à ma mère…

Puisque dans mon pays les hommes n'étaient ni pires ni meilleurs qu'ailleurs et qu'à Ogliano, il n'y avait toujours pas de médecin, je suis rentré chez moi. Il m'a fallu tout ce temps pour me réconcilier avec l'Argentu. Depuis sept ans, nous réapprenons à nous apprivoiser.

Dario Carboni est toujours sous le coup d'un mandat d'arrêt pour le meurtre de Gianni. Une année, près de cent hommes ont écumé le massif. En vain. Certains prétendent qu'il s'est exilé en Amérique du Sud. D'autres qu'il passe de grotte en souterrain sous le nez des carabiniers. Tous s'accordent à dire qu'il est resté aux commandes de son clan et de ses affaires. Le *capo* des Carboni a accédé au statut de légende et la nouvelle génération a maintenant pignon sur rue. L'un de ses neveux s'est présenté à la députation et a été élu. Moi, je n'ai plus croisé sa route et j'ignore si ma mère continue de le retrouver une fois par an. Ce sujet, nous ne l'abordons plus.

Fiorella est encore de ce monde, plus grise et cassante qu'une branche de bruyère. Je lui rends visite un après-midi par mois. Le jour où Raffaele est parti je lui ai remis le carnet. Elle a tiré une chaise, m'a servi un café et m'a regardé longtemps en silence. J'en ai eu des crampes à l'estomac. "Parle-moi de la fois où il a mis des grenouilles dans le lavoir." Nous avons pris l'habitude d'évoquer ensemble nos souvenirs de Gianni, du Gianni d'avant Lenzani. D'avant Tessa…

La première fois où j'ai revu Raffaele, c'était dans le journal. Le juge Delezio venait de faire éclater un scandale de corruption sur une série d'appels d'offres de l'État et mis au jour des collusions entre mafieux et acteurs politiques et économiques de premier plan. Depuis, il vit sous haute protection. La guerre dans laquelle il s'est engagé le condamne au même isolement que Dario Carboni.

Sur la photo, qui est rangée dans le tiroir de ma table de chevet, on le voit sur le toit-terrasse d'un hôtel, entouré de gardes du corps en train de prendre leur pause cigarette. Son profil a conservé la pureté des canons antiques et son regard limpide semble s'envoler loin au-delà de la ville.

L'anneau est toujours à son pouce.

Ce jour-là, je suis monté jusqu'à la grotte des Fées pour y passer la nuit.

Mon grand-père était convaincu que nul ne pouvait s'accomplir s'il n'était connecté à *son Argentu*.

Il était dans le vrai.

NOTE AU LECTEUR

La dernière image de ce roman rend hommage à Roberto Scarpinato immortalisé par la photographe Letizia Battaglia. Ce cliché d'une vérité magnifique qui dit tout à la fois la force et la fragilité illustre la couverture du livre *Le Dernier des juges*.

Ogliano est une construction de pure fiction jusqu'à son nom de baptême que je croyais avoir inventé à partir du terme désignant l'olivier sauvage. Vanité ! Il paraîtrait qu'il en existerait un autre dans la région de Trévise, mais j'ignore de quel auteur il est la création. Je n'ai pas voulu renoncer à sa musique au prétexte que le réel m'aurait rattrapée. Alors, j'aurais dû renoncer à mille autres choses. Il ne faut pas renoncer à sa liberté.

REMERCIEMENTS

Merci à mon ami, Maxime Gillio, pour son accompagnement patient et attentif durant l'écriture de ce roman.

Merci à mes proches de n'avoir jamais douté : votre confiance m'a portée.

Merci au passeur.

Merci à David Gressot pour son enthousiasme, la finesse de son regard éditorial et son exigence toute de douceur et de respect.

En mémoire de Jean-François, toi, l'oncle que j'appelais "cousin" et qui fut un grand frère…

Je pleure de ne pouvoir te déposer ce roman sur la table du jardin et parce que nous ne rirons plus ensemble sous le grand tilleul.

Ton regard affectueux et espiègle te survit, comme ta gentillesse continuera de cheminer auprès des tiens.

OUVRAGE RÉALISÉ
PAR L'ATELIER GRAPHIQUE ACTES SUD
ACHEVÉ D'IMPRIMER
SUR ROTO-PAGE
EN NOVEMBRE 2021
PAR L'IMPRIMERIE FLOCH
À MAYENNE
POUR LE COMPTE DES ÉDITIONS
ACTES SUD
LE MÉJAN
PLACE NINA-BERBEROVA
13200 ARLES

DÉPÔT LÉGAL
1re ÉDITION : JANVIER 2022
N° impr. : 99441
(Imprimé en France)